## Das Buch

»Eine schöne und traurige, eine zumeist sehr gute und bewegende Liebesgeschichte, in der es kein Liebesverhältnis gibt ... Ein Mann, wie er einsamer nicht gedacht werden kann, jedermanns Gesell und niemandes Freund, wohnt und arbeitet in einer Mietswohnung. Einen Stock höher lebt die Frau, auch sie allein, auch sie leidlich erfolgreich und tätig, niemandes Gesellin offenbar. Es kommt zu kürzeren und längeren Begegnungen, immer außerhalb der Wohnungen ... Das hat einen starken Zauber ... Gefühl steckt zwischen den Zeilen. So trefflich hat Richter keines seiner Prosa-Werkstücke gearbeitet und bearbeitet.« (Christian Ferber in der ›Welt‹)



## Der Autor

Hans Werner Richter, am 12. November 1908 in Bansin geboren, gelernter Buchhändler, war Initiator und Mentor der Gruppe 47. Einige Werke: ›Die Geschlagenen‹ (1949), ›Linus Fleck‹ (1959), ›Blinder Alarm‹ (1970), ›Die Stunde der falschen Triumphe‹ (1981).

# Hans Werner Richter:
# Die Flucht nach Abanon
Erzählung

Deutscher
Taschenbuch
Verlag

dtv

Von Hans Werner Richter
ist im Deutschen Taschenbuch Verlag erschienen:
Kinderfarm Ponyhof (7354)

Ungekürzte Ausgabe
September 1982
Deutscher Taschenbuch Verlag GmbH & Co. KG,
München

Umschlaggestaltung: Celestino Piatti
Gesamtherstellung: C. H. Beck'sche Buchdruckerei,
Nördlingen
Printed in Germany · ISBN 3-423-10016-8

Für Gertrud Kückelmann

Vielleicht sollte man dies nicht niederschreiben. Eine Geschichte, in der alles Geschehen schon hinter den beiden Beteiligten liegt: die kleinen und die großen Leidenschaften, die jahrelangen Zuneigungen, die Enttäuschungen und auch dies – das Umschlagen der Anspannungen in Gleichgültigkeit und Abneigung.

Das war in dem Leben des einen wie in dem Leben des anderen so, aber es gab keine Parallelität. Jeder hatte dieses Leben für sich gelebt, ohne jede Berührung mit dem anderen.

Er erinnert sich nicht genau, wann er sie zum ersten Mal gesehen hat. Es muß zwanzig oder noch mehr Jahre zurückliegen. Er war kein regelmäßiger Theaterbesucher, er ging hin, wenn es ihn interessierte oder auch aus anderen Gründen wichtig erschien. Dort hatte er sie zum ersten Mal gesehen, auf der

Bühne, in einer Rolle, die er ebenfalls vergessen hat. Auch an das Stück, in dem sie aufgetreten war, erinnert er sich nicht mehr. Nur ein Eindruck war geblieben, ein Eindruck, der sich nie ganz verwischte. Er wurde stärker, wenn er sie auf der Bühne wiedersah, und ging in den späteren Jahren fast ganz zurück. Oft fragte er sich, was ist das für ein Eindruck, welche Wirkung geht von ihr aus, welche Ausstrahlung ist es, die dich erreicht? Er wußte es nicht. Selbst wenn er ihr Bild in einer Zeitung sah, war es dasselbe: die gleiche Ausstrahlung, dasselbe Fluidum. Er konnte sich ein solches Bild immer wieder ansehen, ohne daß er genau wußte, warum.

Sie war eine Schauspielerin. Für ihn als solche interessant aber eben nur als Schauspielerin, nicht als Mensch, nicht als Frau. Er dachte es sich so. Sie war nicht schön, nein, das war sie nicht, keine schöne Frau. Er konnte sie sich als Frau gar nicht vorstellen. Nie hatte er es versucht. Sie war klein, das wußte er, aber sie erschien ihm, in welchem Kostüm sie auch auftrat, immer größer als sie war. Ihre Bewegungen faszinierten ihn: drei Schritte vor oder drei Schritte zurück, die Füße unter dem bauschigen Rock, ihre

Verbeugungen, das Neigen des Kopfes. Er hätte sie nicht schön, aber apart genannt, doch diese Bezeichnung erschien ihm zu trivial. Sie war für das, was er empfand, zu ungenau, zu wenig bezeichnend. Etwas an ihr erschien ihm unerreichbar, nicht zu verbinden mit den Alltäglichkeiten des Lebens. Wäre sie ihm in diesen Jahren begegnet, er hätte sie nicht für real gehalten, kein lebender Mensch in einem lebendigen Körper. Er begegnete ihr nicht. So vergingen zwanzig, zweiundzwanzig oder noch mehr Jahre.

*

Er hört ihre Schritte über sich. Sie geht hin und her, anscheinend auf nackten Fußsohlen. Es ist vor oder nach Mitternacht. Er weiß es nicht genau. Wäre die Decke über ihm durchsichtig, er könnte ihre Fußsohlen sehen. Der Gedanke beschäftigt ihn einen Augenblick: eine durchsichtige Wohnungsdecke und darauf wie auf einer Glasplatte die hin- und hergleitenden nackten Füße. Er läßt den Gedanken wieder fallen. Er fragt sich, warum er nicht einschläft. Das Geräusch, das die Füße über ihm verursachen, ist so leise, daß es ihn in seinem Schlaf nicht stören würde. Er hört trotzdem hin. Jetzt entfernen sich die Füße, sehr eilig, sie sind weg, irgendwo anders, in einem anderen Zimmer. Er stellt es sich so vor. Nun kann er einschlafen. Er dreht sich auf die rechte Seite und versucht, an etwas anderes zu denken: an die Ereignisse des Tages, an ein langes Gespräch, das er am Abend geführt hat.

Er gleitet hinüber in den Schlaf, schon fast im Traum, kommen die Schritte über ihm zurück, sehr weit entfernt zuerst, dann näher kommend, sehr leise. Sofort ist er wieder wach. Er ärgert sich darüber, bemerkt aber zugleich, daß es mehr ein Erstaunen ist. Was gehen ihn die nackten Füße an?

Jetzt hört er ein anderes Geräusch. Es ist das Geräusch von laufendem Wasser. Es muß eine Badewanne sein, in die das Wasser läuft. Er liegt auf dem Rücken, die Hände hinter dem Kopf verschränkt. Er möchte die Wassertropfen zählen. Wieviel Wassertropfen gehen in eine Badewanne? Es ist ein dummer Gedanke. Er versucht ihn wegzuwischen. Aber der Gedanke kommt immer wieder: eins, zwei, drei, tausend, hunderttausend.

Hunderttausend Wassertropfen in einem Bad. Es können mehr sein, zweihunderttausend oder auch nur hundertfünfzigtausend. Er kann die Zahl beliebig senken oder erhöhen, wie es ihm gerade paßt. Er denkt: hunderttausend Wassertropfen sind nicht zählbar.

Das Geräusch des laufenden Wassers über ihm wird plötzlich stärker. Es ist wie ein fernes, sehr fernes Rauschen. Jetzt endet es abrupt und läßt eine große Stille zurück. Die Badewanne ist voll, denkt er, und er versucht sich vorzustellen, wie voll sie ist. Es gelingt ihm nicht. Er hört, so glaubt er, alles, was über ihm geschieht. Die Schritte sind wieder da, die nackten Füße. Sie haben es eiliger als vorhin. Doch dann sind sie wieder weg: die Schritte, die Füße, alles.

Es ist still über ihm, er hört nichts mehr. Er stellt sich vor, sie ist in die Badewanne gestiegen. Aber er kann es sich nicht vorstellen, er sieht keinen weiblichen Körper, nichts. Der Versuch, seine Phantasie in Bewegung zu setzen, ist hilflos und vielleicht lächerlich. Er könnte einschlafen, jetzt, gleich. Was gehen ihn die Geräusche über seinem Kopf an. Nichts, nein, gar nichts.

Er nimmt die verschränkten Hände hinter dem Kopf hervor. Es ist lästig, so auf dem Rücken zu liegen und auf die Geräusche da oben zu achten. Für einen Augenblick kommt es ihm vor, als hätte er größere oder längere Ohren bekommen. Der Gedanke ist unsinnig. Er ist so unsinnig, wie ihm alles jetzt erscheint: das Zimmer, die Vorhänge vor den Fenstern, die er undeutlich sieht, die Decke über ihm, die in der Nacht kalkweiß schimmert und auf der der Fußboden liegt, über den bald ihre Füße wieder gehen werden, ihre nackten Füße.

*

Sie öffnet die Haustür von innen, und er kommt von außen. Die Begegnung kommt für ihn überraschend. Er fühlt sich ein wenig befangen, so wie jemand, der einen anderen zu sehen wünscht und doch nicht sehen möchte. Sie lädt ihn mit einer Handbewegung ein, durch die Tür zu gehen, die sie offen hält. Er macht die gleiche Handbewegung, nicht so gespielt, so elegant, nein, mehr plump, mehr unbeholfen. Sie stehen sich gegenüber und sehen sich an. Es fällt ihm auf, daß sie sich immer wieder verändert. Sah sie vor ein paar Tagen nicht anders aus, als er sie auf der Treppe traf, und wiederum ein oder zwei Wochen früher unten in der Garage? Wird sie nicht von Woche zu Woche größer oder kleiner?

Sie hat eine zierliche, fast porzellanhafte Figur, aber jetzt ist alles an ihr straffer, gespannter. Es sieht aus, als hätte man sie auf einen Bogen gespannt. Er stellt es sich so vor, während er sie ansieht. Auch die Farbe ihrer Augen hat sich für ihn wieder verändert. Sie sind dunkel, schwarz, vielleicht tiefschwarz, und waren sie vorher nicht anders, braun oder hellbraun? Es fällt ihm schwer, dieses immer wieder veränderte Aussehen, das wechselnde Mienenspiel, die Bewegungen, die, so scheint es ihm, immer wieder andere sind, zu unterscheiden. Sie trägt einen Hut, aber nein, es ist kein Hut, es ist ein flaches Ding auf ihrem Hinterkopf. Er denkt, sie ist vielleicht schon kostümiert für einen Auftritt und vielleicht ist sie schon ganz in einer Rolle befangen, die sie am Abend spielen muß.

Sie hält mit dem Rücken die Tür offen, und er sagt, weil ihm nichts anderes einfällt: Wie geht es Ihnen?

Er könnte auch etwas anderes sagen, irgend etwas noch Banaleres, aber es fällt ihm nur dieser stereotype Satz ein, den jeder sagen kann. Sie antwortet genau so nichtssagend: Danke gut, und er geht einen halben Schritt auf sie zu, um ihre Hand zu ergreifen, die sie ihm entgegenstreckt.

Alles ist eigentlich selbstverständlich, ohne Bedeutung. Wieder bemerkt er, wie klein sie ist, kleiner als er, der nicht der Größte ist. War sie ihm vor ein paar Tagen nicht noch größer erschienen, nicht groß natürlich, sondern größer? Er wundert sich darüber, nur einen Augenblick lang, denn sie lacht jetzt, oder ist es nur ein Lächeln? Es verändert ihr Gesicht, das, so glaubt er, leicht geschminkt ist. Ihre Stimme ist wie bei einem Vogel, der in tiefen Tonlagen singt: Habe ich Sie gestern Nacht nicht gestört? Ich war viel zu laut, nicht wahr? Ich bin immer hin und her gelaufen.

Er antwortet nicht gleich und hört sich dann gleichsam selbst zu, wie er die Unwahrheit sagt: Ich habe Sie gar nicht gehört, keinen Laut. Ich schlafe ganz tief, fast möchte ich sagen, wie ein Murmeltier. Sie haben mich nicht gestört.

Etwas zweifelnd sieht sie ihn an: Ich dachte, man würde es unten hören. Das Haus ist ja sehr leicht gebaut. Finden Sie nicht?
Er findet das auch, bestätigt es, und sie fährt gleich fort: Wissen Sie, ich habe nämlich die Angewohnheit, nachts, bevor ich ins Bett gehe, noch meine Füße in ganz kaltem Wasser zu baden. Dann schlafe ich besser und schneller ein.
Er weiß nicht, was er darauf antworten soll. Mit kalten Füßen im Bett könnte er nie einschlafen, aber er läßt ihre Hand los, und für einen Moment sieht es aus, als wisse sie nichts mit ihrer Hand anzufangen. Sie läßt sie fallen, winkelt den Arm an und benutzt sie dann, um den nächsten Satz zu unterstreichen. Er denkt: eine Schauspielergeste. Es gefällt ihm, wie sie so dasteht, jetzt mit der Hand vor der Brust und einer leichten Verbeugung des Kopfes, als stände sie auf der Bühne: Ich mache mir immer Sorgen, daß ich zu laut bin. Wenn das Wasser in die Badewanne läuft, das macht doch einen ziemlichen Krach.
Er wiederholt noch einmal, daß er nichts gehört hat, um Mitternacht schlafe er schon. Da hole ihn auch kein laufendes Wasser

mehr aus dem Schlaf. Und jetzt fragt sie etwas, leicht lachend, was er nicht erwartet hat: Träumen Sie? Und er antwortet, wobei er versucht, eine in ihm aufsteigende Verlegenheit zu unterdrücken: Wovon soll ich denn träumen? Wenn ich morgens aufwache, weiß ich nicht, was in der Nacht geschehen ist. Dazu schlafe ich viel zu tief.
Und sie erwidert: Ich dachte, daß Sie träumen. Das hätte doch sein können, oder nicht?
Er sucht einen Augenblick nach einer Antwort, findet sie aber nicht. Ihre Frage nach den Träumen stört ihn. Was gehen sie seine Träume an? Er ist sich ganz sicher, daß er gar nicht träumt. Der Gedanke geht so schnell, wie er gekommen ist. Träumen, nicht träumen, träumen. Er könnte sich mit ihr in ein Gespräch über Träume einlassen, hier, in der offenen Haustür, aber es erscheint ihm albern. Sie erwartet auch keine Antwort. Gewiß, er könnte sie mit einem solchen Gespräch noch festhalten, zwei, drei oder auch fünf Minuten lang. Er schwankt: Will er sie festhalten oder will er es nicht? Seine Gefühle wechseln, er weiß es: Er möchte sie sehen, mit ihr sprechen, mit ihr zusammensein,

und er möchte ihr gleichzeitig aus dem Weg gehen. Es ist ein seltsames Wechselspiel. Er fragt sich, ob es auch ihr so geht? Nein, sie ist nicht befangen, keinen Augenblick lang. Sie ist zu weltläufig, um sich eine Befangenheit anmerken zu lassen. Sie lächelt, aber sie lächelt ihn nicht an, sie lächelt, wie sie einem guten Bekannten zulächeln würde; freundlich, liebenswürdig, vertraut: Auf Wiedersehen. Ich muß zur Probe. Entschuldigen Sie. Ich habe es eilig.

Er sieht ihr nach, wie sie davongeht, leicht, eilig, fast springend. Es sind diese Bewegungen, die ihm wieder auffallen, er weiß nicht, wie er sie bezeichnen soll. Anmutig, das wäre falsch. Nein, es ist nicht anmutig, es ist etwas anderes, ganz anderes. Er findet keine Bezeichnung dafür, es gibt vielleicht auch keine. Nein, er ist sich sicher, daß es kein Wort dafür gibt.

*

Seit einigen Tagen hört er ihre Schritte über sich nicht mehr. Sie muß verreist sein oder sich auf einer Tournee befinden oder sich irgendwo zur Erholung aufhalten.

Es ist schon Monate her, daß er in dieses Haus gezogen war. Schon am zweiten oder dritten Tag hatte er festgestellt, daß sie unmittelbar über ihm wohnt. Er hatte es mit Verwunderung festgestellt. In den ersten Wochen war sie ihm nicht begegnet. Doch dann, an einem Nachmittag, stand sie plötzlich über ihm auf einem Treppenabsatz. Er kam von unten und sie kam von oben, die Treppe herunter, ganz langsam, Schritt für Schritt, eine für ihn fremde Frau. Er zögerte einen Augenblick. Nein, sie konnte es nicht sein. Sie war zu elegant und sah sehr viel jünger aus, als sie nach seiner Ansicht sein mußte. Sie trug einen modischen Hut, ein Kleid unter einem durchsichtigen Sommermantel, das ihr bis zu den Waden ging, und Schuhe mit hohen spitzen Absätzen.

Ohne Gruß ging sie an ihm vorbei, und auch er ging ohne zu grüßen die Treppe hinauf. Er kannte sie ja nicht, war ihr nie begegnet und hatte sie nur auf der Bühne gesehen. Vielleicht war sie es auch nicht, aber da waren doch Züge in ihrem zurechtgemachten Gesicht, die er glaubte wiederzuerkennen.

Er versuchte sich umzusehen, gab es aber gleich wieder auf, als er bemerkte, daß er ihr gern nachgesehen hätte. Er war, so glaubte er, zu alt, um einer Frau nachzusehen. Es hätte ihn lächerlich gemacht. Vor seiner Wohnungstür blieb er stehen, und so, im Aufschließen der Tür, sah er sie unten hinausgehen, wobei sie die Haustür mit einer Energie aufzog, als hätte sie zuviel davon. Sie sah nicht zurück, nach oben, eine Treppe höher, wo er stand, und doch glaubte er etwas wie Neugier in ihren Augen gesehen zu haben, als sie an ihm vorbei ging. Sie mußte es also doch sein, und sie wußte offensichtlich, wer er war. Er wunderte sich nicht darüber. Die Hausmeisterin hatte ihr wahrscheinlich von ihm erzählt, so wie sie ihm von ihr erzählt hatte. Die Neugier war also verständlich, und sie war vielleicht auf ihrer Seite nicht minder groß als auf der seinen.

Er ertappte sich bei einem Wunsch, als er seine Wohnung betrat. Er wünschte sich, sie hätte zu ihm hinaufgesehen, als sie durch die Haustür ging, eine schwingende Glastür, nur mit einem kurzen, flüchtigen Blick. Er verwarf den Wunsch. Seine Erfüllung wäre, so sagte er sich, ohne Bedeutung gewesen.

*

Seit gestern abend sind die Schritte über ihm wieder da. Sie haben ihm gefehlt, er gesteht es sich ein. Die Geräusche dort oben, um Mitternacht, gehören schon zu seinem Leben in dieser Wohnung.
Er liegt wieder auf dem Rücken, die Arme hinter dem Kopf verschränkt. Er hört den Schritten zu, die sich bald entfernen, bald wieder näher kommen. Sie sind nicht anders als sonst, nur, so scheint es ihm, sind sie jetzt fester, energischer, so, als hätten sich ihre Füße erholt. Aber können Füße sich erholen?
Er hat vor etwa einer Woche die Hausmeisterin gefragt, wo denn die Schauspielerin sei, die da über ihm wohnt, und sie hatte geantwortet: Irgendwo in Italien, zur Kur. Ich glaube in einem Ort in der Nähe Venedigs. Genau weiß ich es nicht.
Er wollte es auch nicht genau wissen. Es interessiert ihn nicht, er glaubt es wenigstens, oder es interessiert ihn nur am Rande, so wie man sich für das Leben eines Nachbarn interessiert.
Er versucht, auf die Geräusche über sich nicht mehr zu achten. Er hat andere Sorgen. Man hat ihm eine Rede aufgezwungen, eine Rede vor Leuten, die er zum größten Teil nicht

mag. Er hätte sie ablehnen müssen, diese Rede, sie ist ihm zuwider, er fühlt sich nicht mehr dafür geeignet, nicht mehr beweglich genug, nicht mehr genügend elastisch. Aber er hat sich überreden lassen. Es ärgert ihn, es ärgert ihn auch, daß er noch so ganz unvorbereitet ist. Bis morgen abend ist nicht mehr viel Zeit. Er versucht, seine Gedanken zu ordnen und sich ganz auf diese Rede zu konzentrieren. Er formuliert ganze Sätze, er stellt sie in Gedanken vor sich auf und vergißt sie sofort wieder, wenn er einen neuen Satz formuliert hat. Vergeblich versucht er, die verlorengegangenen Sätze zurückzugewinnen. Er hat ein schlechtes Gedächtnis, er weiß es, es wird von Jahr zu Jahr schlechter, aber noch nie ist es ihm passiert, daß Sätze schon wieder verschwunden sind, wenn er sie gerade erst mühsam gefunden hat.

Plötzlich gibt es ein polterndes Geräusch oben. Es hört sich an, als sei ein Stuhl umgefallen. Das Geräusch ist sehr fern, die Decke über ihm mindert es bis zur Unkenntlichkeit. Es kann auch etwas anderes gewesen sein, kein Stuhl, ein Waschbecken vielleicht, ein Schrank. Sofort sind alle seine Gedanken weg, wie weggewischt, alle Sätze, auch der letzte Satz, den er gerade erst formuliert hat. Er hört, wie etwas über ihm weggeräumt wird, und dann sind wieder ihre Schritte da, ihre, wie er glaubt, nackten Füße. Es fällt ihm schwer, zu seiner Rede zurückzukehren. Seine Gedanken sind abgelenkt.

Statt dessen sieht er sie, so wie er sie bei ihrer zweiten Begegnung gesehen hat: ein graues Hauskleid, ganz einfach, keine Eleganz, nur eine Kette um den Hals, eine dünne, sehr dünne Goldkette, und keine Stöckelschuhe an ihren Füßen, die sie größer machen als sie ist, sondern Bambuschen, weiche, flaumige Bambuschen, die ihm etwas zu großflächig erscheinen. Sie kann nicht so große Füße haben. Sie müssen nach seiner Ansicht viel kleiner sein, zierlicher.

Sie stehen beide unten im Hausflur, vor der Glastür, wo die Briefkästen sind. Die Begegnung hat ihr, er sieht es, einen leichten Schreck eingejagt. Sie sagt, indem sie sich leicht verbeugt: Verzeihen Sie. Er weiß nicht, was er verzeihen soll. Es kommt ihm vor, als sei eine leichte, kaum bemerkbare Röte in ihr Gesicht gestiegen, das jetzt, ohne jedes Make-up älter aussieht als bei ihrer ersten Begegnung, es sieht jetzt entsprechend ihrem

Alter aus, das er bei ihr annimmt. Er sagt: Bitte, und dann nach einem Augenblick des Zögerns: Was soll ich denn verzeihen?
Und sie erwidert: Nichts, gar nichts. Ich habe es nur so gesagt. Sie lächelt bei diesem Satz, und unter dem Lächeln verschwindet ihre leichte Röte so schnell, wie sie gekommen ist. Er denkt, ich muß mich vorstellen, ich muß sagen, wer ich bin, aber es kommt ihm zugleich auch albern vor. Sie kennen einander ja, er und sie, und sie wissen, wer sie sind. Er hätte gern noch mehr gesagt, ein paar zusätzliche Sätze. Es fällt ihm nichts ein. Sein Satz »was soll ich Ihnen denn verzeihen« war wohl falsch. Er glaubt, es zu spüren.
Sie lächelt ein wenig, als sie ihre Post aus dem Briefkasten nimmt. Es ist, so meint er, ein gefrorenes Lächeln, das Lächeln einer Schauspielerin, einstudiert in tausend Rollen vielleicht. Aber überdeckt sie damit nicht ihre Verlegenheit? Sie ist verlegen, er weiß es, so wie er selbst verlegen ist. Sie blättert in den Briefen herum, die sie bekommen hat, hastig, neugierig, so, als interessiere sie nichts mehr als diese Briefe.
Er könnte jetzt ein Gespräch anknüpfen, er könnte sie fragen, wie es in Italien war, ob

sie sich gut erholt hat; ein paar Sätze, leicht hingesprochen, würden genügen. Er tut es nicht und kann sich zugleich nicht erklären, warum er es nicht tut. Etwas hält ihn zurück. Es ist nicht Befangenheit, nein, es ist etwas anderes.

Sie dreht sich um und geht mit ihrer Post davon, durch die Glastür, die Treppe hinauf. Er könnte ihr nachgehen, gleich, unmittelbar hinter ihr her. Es gibt so viele Fragen, die er stellen könnte. Was sie gerade macht, wo sie spielt, womit sie sich beschäftigt, ob sie viel zu lernen hat? Doch er bleibt stehen vor seinem Briefkasten, den er längst geöffnet hat, und gibt sich so, als sei er in Gedanken über die Post, die er jetzt aus dem Kasten nimmt.

*

Er hat sie zum Mittagessen eingeladen. Es ist ganz zufällig geschehen. Er weiß nicht einmal, was ihn dazu bewogen hat. Seine Absicht ist ihm unklar. Vielleicht war es nur der Wunsch, eine Stunde lang mit ihr zu reden, etwas mehr über sie zu erfahren, von ihrem Leben, ihrer Arbeit, von diesen Stunden auf der Bühne, vor den Fernsehkameras, Tag für Tag, Abend für Abend, immer dasselbe, die-

selben Texte, dieselben einstudierten Gesten. Es muß sich nach seiner Ansicht abnutzen und letzten Endes ohne Bedeutung sein, ja, zu einer Qual werden. Oder ist es dies, sich immer wieder darzustellen, in immer neuen Rollen, in immer wieder anderen erdachten Menschen, in Eigenschaften, die man gar nicht besitzt: Haß und Neid. Hochmut und Geiz, Boshaftigkeit und Niedertracht.
Er kann es sich vorstellen und auch wieder nicht vorstellen. Wenn man immer wieder die Charaktere anderer darstellt, was bleibt dann von dem eigenen Charakter, was bleibt von den eigenen angeborenen Eigenschaften? Sind nicht auch sie dann nur gespielt, nicht mehr echt, nicht mehr ursprünglich? Er nimmt sich vor, sie danach zu fragen, so nebenbei, ohne sie seine Absicht merken zu lassen.
Sie hat versprochen, ihn anzurufen, in der Mittagsstunde, dann, wenn sie selbst so weit ist, aber die Zeit vergeht. Es geschieht nichts. Sie ist über ihm in ihrer Wohnung, er weiß es. Doch nichts bewegt sich, keine Füße, die hin und her gehen, kein Stuhl, der gerückt wird, nichts. Er kann sie selbst anrufen. Er wagt es nicht. Seine Befürchtung, aufdring-

lich zu erscheinen, macht ihn unsicher. Er will ja nichts von ihr, nichts, was einen anderen Namen verdient. Eigentlich ist es belanglos, ob sie anruft oder nicht. Vielleicht hat sie vergessen, vielleicht muß sie lernen, und dabei ist ihr die Zeit davongelaufen.
Er geht hin und her, von einem Zimmer ins andere, lauscht nach oben, doch die Decke über ihm gibt nichts her, keinen Laut, kein Geräusch. Sie schweigt wie das Telefon. Er stellt sich vor, daß sie doch weggegangen ist, irgendwohin, zur Probe. Sie hätte ihn unterrichten können, aber vielleicht hat sie es auch vergessen. Doch dann fällt ihm ein, daß am Sonntag sicher keine Proben sind, keine Theaterproben, keine Fernsehaufnahmen, nichts. Es kommt ihm albern vor, hier zu warten. Er wird allein essen gehen, ohne sie.
Jetzt läutet doch das Telefon. Er wünscht sich nach dieser Stunde des Wartens, daß es ein anderer ist. Ihre Stimme ist leise, stokkend, weit entfernt. Sie entschuldigt sich, etwas sei ihr dazwischengekommen, er versteht nicht genau, was ihr dazwischengekommen ist. Sie spricht schnell, stockt, macht wieder eine Pause, und äußert schließlich

einen Wunsch, den er ihr erfüllen soll. Es ist eine Bitte, und sie spricht sie aus wie ein Kind oder wie ein sehr junges Mädchen. Sie fragt, ob er sie wohl in eine Eisdiele begleiten wolle. Ihr Appetit auf Eis sei schrecklich. Sie könne dem nicht widerstehen. Ihre Bitte kommt für ihn überraschend. Er geht nie in eine Eisdiele, ja, er kann sich selbst in einer solchen Diele nicht recht vorstellen unter lauter jungen Leuten, und Appetit auf Eis hat er auch nicht. Er findet es merkwürdig, sagt aber das Gegenteil von dem, was er denkt. Er ginge sehr gern in eine Eisdiele, außerdem sei es ja ein heißer Tag, ein guter Gedanke. Sie fragt, ob er schon auf ihren Anruf gewartet habe, nein, sagt er, er habe nicht gewartet.

Sein Ärger über ihren verspäteten Anruf ist verschwunden, nein, er hat sich gar nicht geärgert, es war nur ein Anflug von Unmut, nicht mehr. Sie sagt, sie ziehe sich nur schnell an, dann käme sie herunter, ob sie mit ihrem Auto fahren wollten, es sei ja nicht weit bis zur Eisdiele. Ihre Stimme ist wieder weit entfernt, ihr »bis gleich« klingt schon halb verschluckt. Er legt den Telefonhörer auf, geht ins Nebenzimmer, und jetzt hört er wieder

ihre Schritte über sich. Es sind sehr eilige Schritte. Wenige Minuten später geht die Klingel. Er steht schon hinter der Wohnungstür und findet es zugleich unpassend, so hinter der Tür zu stehen, sie könnte das Falsche denken. Es ist wieder dieses seltsame Bestreben da, ihr aus dem Weg zu gehen. Vielleicht ist es das gleiche Empfinden, das auch sie bewegt hat, ihn erst so verspätet anzurufen. Trotzdem öffnet er die Tür, ohne zu zögern.
Sie steht vor ihm, wieder eine andere Frau, etwas betreten, weltläufig und betreten, denkt er, ihre dunkelblauen Samtjeans machen sie jugendlicher als sie ist, ihre Haare sind wieder anders, fast möchte er sagen »kindlicher«, und sie ist kleiner als sonst, noch kleiner. Sie sieht ihn an, als bäte sie um Entschuldigung. Auch er möchte sie um Entschuldigung bitten, er weiß nicht, warum. Es ist ein plötzliches Gefühl. So, wie sie vor ihm steht, kann er sie nur um Verzeihung bitten. Vielleicht hat er sie bedrängt, mit ihm auszugehen, wahrscheinlich will sie es gar nicht. Sie wirkt hilflos auf ihn, verloren, zugleich ist da aber auch das Gegenteil: die graziöse Neigung ihres Kopfes, so, als mache sie eine

Verbeugung vor ihm, die Hand, die sie ihm entgegenstreckt, diese selbstsichere Geste einer Schauspielerin, tausendmal geprobt, gespielt, dargestellt. Er wird wieder unsicher, oder überträgt sich ihre Unsicherheit auf ihn? Möchte sie wieder zurück gehen, die Treppe hinauf in ihre Wohnung und er zurück in die seine? Es erscheint ihm so, für einen Moment, nur für einen winzigen Augenblick. Er nimmt ihre Hand, nur ganz kurz, und sie entzieht sie ihm auch wieder, kaum, daß er sie berührt hat. Sie sagt etwas von dem heißen Sommertag, sie flüstert es fast, es klingt ganz leicht, so dahingesprochen, geplaudert: Ist es schlimm, daß ich Sie in eine Eisdiele entführe?
Nein, es ist nicht schlimm, im Gegenteil, auch er freue sich auf das Eis. Ob er denn schon Mittag gegessen habe? Mittag esse er ja nur selten, sagt er, es sei ganz unwichtig, er freue sich jetzt auf die Eisdiele.
Sie gehen die Treppe hinunter. Sie springt fast mehr als sie geht, von Stufe zu Stufe. So jugendlich, wie sie sich angezogen hat, so benimmt sie sich auch, kindlich, fast ausgelassen. Er denkt: Sie spielt wieder, die Rolle einer Jugendlichen, die in eine Eisdiele geht.

Sie zieht die Haustür auf und bittet ihn, voranzugehen, fast mit einer übermütigen Geste. Für einen Augenblick sieht er in ihre Augen. Es kommt ihm vor, als lächelten sie. Sie wirkt fröhlich auf ihn, unbekümmert. Jetzt scheint sich alles wieder verändert zu haben. Von der Unsicherheit des ersten Augenblicks ist nichts geblieben. Sie setzt sich ans Steuer ihres Wagens, der auf der Straße steht, mit einem Vergnügen, als sei Autofahren das Schönste in ihrem Leben. Sofort beginnt sie davon zu reden. Ob er auch so gern Auto fahre, sie brauche schnelle Wagen, je schneller, je besser, der Rausch der Geschwindigkeit packe sie manchmal, dem könne sie nicht widerstehen. Oft könne man dabei auch etwas überdenken, was einem Schwierigkeiten macht, Situationen, mit denen man fertig werden muß und nicht recht fertig werden kann.

Er hört ihr schweigend zu. Sie läßt ihm gar keine Möglichkeit, seinerseits etwas zu sagen, gern hätte er zurückgefragt, was macht Ihnen denn Schwierigkeiten, was für Schwierigkeiten meinen Sie, aber er weiß auch zugleich, daß er dies nicht fragen darf, es wäre zu direkt, und er will eigentlich nichts von ihrem Leben wissen, nichts, was über ihre Schauspielerei hinausgeht. Vielleicht ist sie sehr allein, sehr einsam, und ihr wirkliches Leben gibt es nur auf der Bühne. Er verwirft den Gedanken wieder. Eine Frau wie sie muß ein privates Leben haben, ein Leben ganz unabhängig von ihrem Beruf. Er lehnt sich zurück, und sie lenkt mit ihren kleinen Händen das Auto durch die Straßen, sehr sicher, selbstverständlich und schnell. Sie hat sich dabei ein wenig aufgerichtet, so, als könnte sie sonst nicht über das Lenkrad auf die Straße sehen.

Er blickt sie von der Seite her an. Ihr Gesicht zeigt keine Falten, ist nicht geschminkt, nur flüchtig zurechtgemacht. Also kein Auftritt, kein Spiel, vielleicht ist sie in diesem Augenblick so, wie sie wirklich ist. Aber da ist das betont Kindliche, das ihm gefällt, als hätte sie die Jugend noch vor sich, die doch schon weit zurückliegt, und da ist im Gegensatz dazu das andere: die innere Spannung. Er glaubt sie zu spüren, die Spannung, weiß aber nicht genau, ob es so ist.

Der Garten neben der Eisdiele ist klein. Er liegt in der prallen Sonne, nur unter dem Kastanienbaum ist Schatten. Es ist, er spürt es jetzt, ein hochsommerlicher Tag. Er hat es nicht beachtet in seiner Wohnung. Alles erscheint ihm jetzt zu grell, zu heiß, zu durchsonnt. Er denkt »durchsonnt«, als sie vor ihm her durch die Stuhl- und Tischreihen geht. Sie gibt sich ganz selbstverständlich, als sei sie häufiger hier, als sei dies ihr Café, diese Eisdiele.

Es sitzen, wie er erwartet hat, nur Jugendliche an den Tischen herum, siebzehn- oder achtzehnjährige Jugendliche mit ihren Mädchen. Er kommt sich merkwürdig in dieser Umgebung vor, deplaziert, denkt er, doch er geht hinter ihr her, und sie findet den Platz, den sie haben will. Sie entwickelt dabei eine Art bescheidener Energie. Fast hätte sie andere aufgescheucht, was ihm mehr als unangenehm gewesen wäre.

Sie setzen sich in den Schatten unter dem Kastanienbaum, wobei sie etwas niedriger sitzt als er, es kommt ihm vor, als säße sie zu seinen Füßen. Sein Stuhl ist höher und der ihre ist niedriger, flacher. Sie kann zu ihm aufblicken und er zu ihr hinunter. Es kommt ihm vor, als spräche er zu ihr von oben nach unten. Ihre Augen sind jetzt heller als vorher. Es kann die Sonne sein, das Tageslicht. Viel-

leicht aber wechselt auch die Farbschattierung ihrer Augen ohne äußere Einflüsse. Es beschäftigt ihn einen Augenblick lang. Etwas Lachendes ist in ihren Augen bei großer Zurückhaltung. Sie hat die Karte mit den verschiedenen Eissorten vor sich und empfiehlt ihm die eine oder andere. Nehmen Sie das, es schmeckt wunderbar. Sie sagt es in der kindlichen Art, in der sie sich von den Teenagern, die um sie herum sitzen, nicht unterscheidet. Wieder hat er den Eindruck, sie spielt eine Rolle, die Rolle einer Jugendlichen, die in einer Eisdiele sitzt.
Sie löffeln beide ihr Eis, sie betont langsam, etwas schlürfend, er schneller, das Eis ist ihm unwichtig. Er fragt, was sie denn jetzt spiele, und sie antwortet zwischen dem einen Löffel Eis und dem anderen: Genet.
Das Wort fällt von ihren Lippen herunter, als sei es gar nicht ausgesprochen. Es scheint ein völlig unwichtiges Wort, jedenfalls für sie. Jetzt lacht sie ein wenig und sieht ihn an, von unten nach oben, mit einem Blick, der ihn für einen Moment irritiert. Er weiß nicht, was es ist. Koketterie oder etwas anderes, oder hat er sie angesehen, anders als sonst? Oder ist es das Stück von Genet, in dem sie

spielt, über das sie lacht. Doch plötzlich ist sie ganz ernst, wirft ihren Löffel mit einer energischen Handbewegung in ihren Eisbecher zurück und sagt: Ich spiele das nicht gern.

Er könnte sie jetzt fragen, warum sie das nicht gern spielt, um welches Stück es sich handelt und welche Rolle sie darin hat. Er fragt nicht. Vor zwei Stunden, als er auf ihren Anruf wartete, hätte es ihn interessiert. Hatte er sich nicht vorgenommen, sie nach ihrem Beruf zu fragen, warum sie immer wieder auf die Bühne geht, jeden Tag, jeden Abend, ob es nur die immer wiederkehrende Arbeit ist oder Leidenschaft. Doch im Augenblick ist es ihm gleichgültig.

Um sie herum sitzen die lärmenden Teenager, und sie sprechen miteinander eine Sprache, die ihm nicht sonderlich gefällt. Alles ist zu laut, zu fröhlich, um ein solches Gespräch zu beginnen. Sie sieht zu ihm auf und sagt, wieder nebenbei, jeder Satz scheint unwichtig zu sein: Aber bald gehe ich auf Tournee, im September, fast vier Monate lang. Dann störe ich Sie nicht mehr, nachts, mit meinem ewigen Hin- und Herlaufen.

Er beteuert sofort, daß es ihn nicht stört,

nicht im geringsten, er sei froh, daß die Wohnung über ihm lebendig sei, das sei besser als eine tote Wohnung. Stille könne auch störend sein, anhaltende Stille.
Sie lächelt. Das mit der Stille gefällt ihr offensichtlich. Ihre Augen suchen seine Augen, sehen aber gleich wieder an ihm vorbei, als er versucht, sie anzublicken. Sie spricht wieder von ihrer Tournee, sie sagt: Es ist sehr strapaziös, doch manchmal macht es auch Spaß, es kommt ganz auf die Kollegen an. Jeden Tag oder alle paar Tage in einer anderen Stadt, in einem anderen Hotel, in einem anderen Bett. Das strengt an. Und immer mit dem Autobus.
Er kann sich das mit der Tournee nicht recht vorstellen. Es muß mehr als strapaziös sein. Er denkt: Ich könnte das nicht, ich könnte das nie. Von Stadt zu Stadt, wochenlang, monatelang.
Die durch das Land vagabundierenden Komödianten des siebzehnten Jahrhunderts fallen ihm ein, ein Name, der ihm nicht ganz geläufig ist: die Neuberin. Nein, er weiß nicht, ob der Name stimmt. Es ist leichtsinnig ihn auszusprechen, er fragt statt dessen: Und wohin geht die Tournee?

Durch ganz Deutschland, oder halb Deutschland, nein, diesmal eigentlich nicht. Es ist mehr Südwestdeutschland. Wir fangen in Würzburg an.
Sie sagt es ganz nebenbei, so, als kenne sie alle Städte und Bühnen Deutschlands, es ist ihr Leben, ihr Beruf, es ist alles selbstverständlich. Er könnte sie fragen, ob immer dasselbe Stück gespielt wird, auf jeder Bühne, an jedem Abend. Doch er muß es nicht fragen, sie erzählt es von sich aus, sie nennt den Namen des Stücks, und gleich darauf, nach einer kurzen Pause: Es ist ein sehr gutes Stück. An jedem Abend also die gleichen Sätze, die gleichen Gesten, die gleichen Bewegungen, immer dieselbe Rolle, ein anderer Mensch, der sie selbst nicht ist, er denkt: Was bleibt da noch für das eigene Leben, für die Entwicklung der eigenen Individualität.
Er könnte sie danach fragen, aber er wagt es nicht. Es ist zuviel Distanz zwischen ihnen trotz aller Zuneigung, und sie erscheint ihm im Augenblick fröhlich, unbekümmert und etwas zu jugendlich, eine solche Frage könnte sie jetzt vielleicht verletzen.
Sie sitzt unter ihm, fast zu seinen Füßen, in ihrer dunkelblauen Samthose und der hell-

blauen Sommerbluse, klein, zierlich, sie braucht nur – er denkt es – ihre Arme auf seine Knie zu legen, und schon befinden sie sich beide in einer Rollenposition: in der Rolle eines älteren Paares, das seine Umgebung vergessen hat, die sich auf den Stühlen räkelnden Jugendlichen, die Mädchen in den zu eng sitzenden Blue-Jeans, den halboffenen Blusen, das immer wieder aufquellende Gelächter.
So leicht ist der Übergang vom Leben in eine Rolle, doch wie ist es mit dem Zurück, mit dem Zurück aus den vielen Rollen, die sie gespielt hat, ins Leben? Es beschäftigt ihn ein paar Sekunden lang, dann verschwindet der Gedanke wieder, so, als hätte er ihn nie gedacht.
Die Sonne hat sich ein Stück weiter geschoben, jetzt scheint sie ihr ins Gesicht, die untere Partie liegt noch im Schatten, die obere ist sonnenbeschienen. Alles erscheint ihm jetzt sehr hell, die Stirn, die Haare, die Augen. Das Jugendliche an ihr, jetzt kommt es ihm selbstverständlich vor, nicht gespielt wie vorher.
Sie spricht wieder von ihrer Tournee: Und wissen Sie, wir schleppen die ganzen Requi-

siten mit, und in jeder Stadt, auf jeder Bühne, muß das immer wieder neu gebaut werden. Das ist immer ein Theater.
Sie bittet ihn dabei, ihr die Eiskarte zu geben, die auf dem Tisch liegt, sie hätte, sagt sie, Appetit auf ein neues Eis: Vanille mit Schokolade, das esse ich gern.
Er gibt ihr die Eiskarte, und sie ruft die Bedienung herbei, eine Italienerin, mit der sie Italienisch spricht, als sei dies ihre Muttersprache. Gleich darauf ist sie wieder bei ihrer Tournee. Sie spricht jetzt lebhafter, unterstreicht dieses oder jenes Wort mit Gesten, gekonnten, einstudierten Gesten, denkt er, oder auch ganz natürliche, selbstverständliche. Genau kann er das nicht feststellen.
Ihre Art, sich zu geben, wird ihm nie ganz klarwerden, diese Skala von Bewegungen, Ausdrücken, Gesten, die Veränderung ihrer Augen. Er gibt sich Mühe, sie nicht zu beobachten, kann es aber doch nicht unterlassen. Etwas hindert ihn daran: Es ist die Atmosphäre, die sie verbreitet, ihre Ausstrahlung. Oft ist sie von einer großen Unruhe, zappelig möchte er es nennen, als bewege sie ein schnell laufender innerer Motor, und dann, ganz plötzlich, tritt wieder Ruhe ein. Viel-

leicht kann sie sich nie gehenlassen, nicht sein, wie sie wirklich ist.
Er hört ihr zu, und sein Blick fällt gleichzeitig auf ein junges Mädchen, das am Nebentisch sitzt und ihm auffällt. Das Leben, die Unwiederbringlichkeit der Jugend. Für einen Augenblick empfindet er es so.
Sie spricht von dem Publikum in den kleinen und mittleren Städten, es geht, sagt sie, viel besser mit, es ist viel begeisterungsfähiger, oft gibt es viele Vorhänge, es ist besser, sehr viel besser als das Großstadtpublikum, das Publikum in den Großstädten sei blasiert, ein Premierenpublikum, das nur ins Theater ginge, um sich gegenseitig unter die Lupe zu nehmen.
Er hört ihr schweigend zu, während sie ihr neues Eis, das die Bedienung auf den Tisch gestellt hat, auf ihren Schoß nimmt und wieder zu löffeln beginnt. Er hätte sie jetzt gern gefragt, ob das Mitgehen, die Begeisterung, der Beifall für sie notwendig sei, eine das ganze oder fast das ganze Leben lang anhaltende Stimulanz, die möglich macht, was sonst vielleicht gar nicht möglich wäre, immer wieder spielen, immer wieder auf die Bühne gehen, eine Frage der eigenen Exi-

stenz vielleicht. Es sind Überlegungen, die sehr schnell durch seinen Kopf gehen, mehr fragmentarisch als durchdacht: immer wiederkehrender Beifall, Tag für Tag, Woche für Woche, monatelang, in jedem Kaff, in jeder mittleren Stadt, das muß sich nach seiner Ansicht abnutzen, muß mit den Jahren immer gleichgültiger werden und schließlich nichts mehr bedeuten. Die Abhängigkeit von einer solchen immer anhaltenden, immer notwendigen Zustimmung erscheint ihm trivial. Er kann sich nicht vorstellen, daß sie es braucht, ja, daß ihr Leben davon abhängt.
Ihr Gesicht liegt jetzt ganz in der Sonne. Sie genießt die Sonne, er sieht es, aber er glaubt auch etwas anderes zu sehen, eine nervöse Unruhe, die zeitweise von ihrem Mund bis zur Stirn hinaufläuft. Vielleicht ist da schon wieder eine Rolle, fremde Worte, fremde Sätze, die ihr durch den Kopf gehen, das Leben eines anderen Menschen, das sie erfassen, durchdenken, einstudieren muß.
Er beugt sich etwas vor, sein Gesicht ist jetzt über dem ihren, zu nah, viel zu nah, sie könnte es mißverstehen, aber er sagt, ohne seine Haltung zu verändern, fast gehemmt, leise: Brauchen Sie das eigentlich, diesen Beifall?

Die Frage muß überraschend für sie sein. Sie richtet sich halb auf, den Oberkörper auf ihren Ellenbogen gestützt, sieht ihn an, als hätte er eine Frage gestellt, die ganz und gar unmöglich ist, eine unziemliche Frage vielleicht. Er wird sich dessen zur gleichen Zeit bewußt, ihre Reaktion irritiert ihn. Sie muß ja keine Antwort geben, er hat es nicht ernstgemeint, jedenfalls nicht sonderlich ernst. Es ist eigentlich müßig, ob sie den Beifall braucht oder nicht, er hätte sich auch die Frage sparen können, aber jetzt sagt sie etwas, was er nicht erwartet hat. Sie sagt es ganz selbstverständlich, ohne ihn dabei anzusehen, sie läßt den Satz, so erscheint es ihm, in ihren fast leeren Eisbecher fallen: Ich bin eine Schauspielerin, das wissen Sie doch.
Jetzt ist der Ärger auf seiner Seite. Natürlich weiß er, daß sie eine Schauspielerin ist, eine berühmte sogar, eine sehr erfolgreiche, eine, die es in keiner Hinsicht nötig hat, mit ihm hier in der Eisdiele herumzusitzen. Er könnte sagen »aber das weiß ich doch« oder »warum sagen Sie das. Sie sind mir doch bekannt, ich habe Sie auf der Bühne gesehen, in Filmen, Ihr Bild in den Zeitungen«. Er sagt nichts von dem, er schweigt und sieht ihr zu,

wie sie den Rest ihres Eises aus dem Becher löffelt. Anscheinend hat sie seine Frage schon vergessen. Es ist ja auch gleichgültig, ob sie seine Frage beantwortet oder nicht, sie muß es ja nicht, und auch ihm erscheint jetzt das mit dem Beifall völlig nebensächlich.
Sie richtet sich ein wenig auf und versucht, ihren leeren Eisbecher an ihm vorbei auf den Tisch zu stellen. Er will ihr den Eisbecher aus der Hand nehmen, aber sie wehrt mit der freien Hand ab und sagt: Lassen Sie doch, es geht schon so.
Dann lehnt sie sich zurück, das Gesicht wieder in der Sonne, anscheinend entspannt und ganz den Sonnenstrahlen hingegeben. Ihr Gesicht hat keine Falten, nicht die geringste Falte, nur am Ansatz des Halses scheint die Haut schon etwas verbraucht, etwas welk zu sein. Nein, es geht ihn nichts an. Er sitzt ja nicht hier, um ihr Gesicht zu betrachten.
Jetzt spricht sie ganz leise vor sich hin, ohne ihn dabei anzusehen: Der Beifall ist etwas, was man als Schauspieler dringend braucht, möglichst nach jedem Auftritt, nach jeder Szene, und dies, solange man spielt. Es ist nicht nur die Anerkennung für die geleistete Arbeit, es ist mehr. Man wird davon getra-

gen, emporgetragen, angeregt. Es gibt dabei suggestive Strömungen, man kann sie auch elektrische Ströme nennen, die von den Schauspielern ins Publikum springen und in steter Wechselwirkung vom Publikum auf die Bühne. Je stärker sie sind, um so sicherer wird man, um so besser spielt man. Der Beifall ist dann nur eine Entladung, eine Art Explosion, kann sogar ein Orkan sein, oder wie ein Orkan auf den Schauspieler wirkt. Aber.... Sie spricht plötzlich nicht weiter und läßt ihr »aber« in der Luft stehen, als sei es völlig überflüssig. Er wiederholt fragend ihr »aber«, und sie sieht ihn an, ganz nah, ganz gegenwärtig, lebendig, als belustige sie das »aber«, als sei das ganze Gespräch belustigend. Lächelt sie oder lächelt sie nicht, er kann es nicht wahrnehmen, und wieder kommt ihm seine Frage nach dem Beifall höchst unangebracht, ja dumm vor. Für die Sekunde eines Augenblicks hat er den Eindruck, sie spielt wieder, die Überlegene, die Wissende, jetzt die Schauspielerin, die über Schauspieler spricht. Sie sieht ihn dabei immer noch an, und er meint einen leichten Schatten in ihren dunklen Augen zu sehen, vielleicht ein Schatten, der von dem Kastanienbaum kommt oder von der Sonne, die sich hinter einem der Zweige versteckt hat. Sie greift ihr »aber« wieder auf, indem sie sich erneut zurücklehnt und, wie es ihm vorkommt, wieder in sich selbst hineinsieht. Wieder spricht sie leise, fast flüsternd: Aber es gibt ganz verschiedene Arten von Beifall, man gewöhnt sich daran, jeder Beifall ist neu, ist anders, es gibt den stürmischen Beifall, den heftigen Beifall, den enthusiastischen Beifall, den verlegenen Beifall, ja sogar den stummen Beifall. Er, der stumme Beifall, kann viel mehr sein als alles andere, wahre Anerkennung. Den schweigenden Beifall mag ich am liebsten. Können Sie sich das vorstellen? Nein, Sie können es sicher nicht. Wissen Sie, man entwickelt mit den Jahren ein sehr feines Gehör dafür. Man lauscht sozusagen in den Beifall hinein, man nimmt jeden Ton auf, auch wenn das Publikum schweigt. Schweigen kann doch sehr viel bedeuten. Da gibt es oft ein paar Sekunden und manchmal auch ein oder zwei Minuten der Stille, und man selbst steht hinter dem Vorhang und wartet, erschöpft vielleicht, abgespannt, und dieser Augenblick der Stille ist eigentlich der schönste Beifall. Er ist selten und bedeutet

viel, der Sturm, der danach einsetzt, ist viel weniger. Diese Sekunde ist es, für die man immer wieder auf die Bühne gehen kann.
Er hat ihr schweigend zugehört, ohne sie zu unterbrechen. Alles, was sie sagt, scheint ihm bekannt zu sein, ist nicht so neu für ihn, wie sie glauben mag. Sie sieht ihn an, als erwarte sie eine Antwort von ihm, irgend etwas, und er sagt: Ja, ja, so ist es wohl. Ein Satz, der ihm sogleich sehr oberflächlich und leer vorkommt. Sie muß den Eindruck haben, daß ihn das ganze Gespräch nicht sonderlich interessiert.
Während der ganzen Zeit hat er auf ihre Lippen gesehen, die ihm zu blaß sind, und immer ist da etwas wie Spannung in ihrem Gesicht, sie läuft, kaum wahrnehmbar, vom Kinn zur Stirn hinauf, setzt sich dort für einen Augenblick fest und verschwindet dann hinter ihrem Haaransatz, bis es wieder von vorn beginnt. Nervosität, denkt er, sie ist übernervös, das Leben, der Schauspielerberuf zehren sie auf, jede Stunde auf der Bühne, vor den Kameras, in den Studios frißt ein Stück von ihrem Leben, aber vielleicht ist dies ihr Leben, dieses Sich-allmählich-aufzehren-lassen.

Es ist seltsam für ihn hier in der Eisdiele, etwas zu kindlich, zu jugendlich, und auch sie benimmt sich jetzt wieder wie eine Jugendliche, ein Teenager unter Teenagern, sie lacht plötzlich, und er weiß nicht, warum sie lacht. Er möchte sie fragen, warum lachen Sie denn, es gibt doch gar nichts zu lachen, aber er lacht auch und ärgert sich zugleich, weil er nicht weiß, warum er lacht. Es ist das Naive, das sie ausstrahlt, das Kindliche, zu Kindliche, es zieht ihn an und wirkt gleichzeitig befremdend auf ihn.

Er könnte sich zu ihr niederbeugen und über ihr Haar streichen oder etwas Ähnliches tun, eine Geste des Verstehens, nicht mehr, aber etwas hält ihn zurück. Er kann es sich nicht erklären. Am liebsten möchte er aufstehen und davongehen und doch auch gleichzeitig sitzen bleiben, in ihrer Nähe sein, sie beobachten können, das Spiel ihrer übernervösen Hände, ihren stets wechselnden Gesichtsausdruck, die Bewegung ihres Kopfes, die Spannungen, die kommen und gehen und sich selten lockern. Er redet sich ein, daß es Interesse sei, was ihn veranlaßt, sitzen zu bleiben, nur Interesse und nichts anderes. Vielleicht ist es für sie das gleiche. Auch sie fühlt sich zu ihm hingezogen und möchte ihm doch gleichzeitig aus dem Weg gehen. Sie verhält sich so ihm gegenüber, er glaubt es zu spüren. Nein, es ist nicht mehr als Sympathie, was sie miteinander verbindet, Interesse vielleicht, Interesse an dem Beruf des anderen, aber sie fragt ihn nicht, ob es schwierig sei, Worte ineinanderzufügen, Sätze aneinanderzureihen, Menschen zu erfinden, so wie sie Menschen darstellen muß und kann, fremde Menschen, die sie selbst nicht erdacht hat.

Er könnte sie jetzt auffordern zu gehen, irgendein Wort sagen, der Mittag geht schon in den Nachmittag über. Die Eisbecher sind leer. Die Sonne steht schon hinter dem Kastanienbaum, und der Schatten, den er wirft, fällt jetzt voll auf ihr Gesicht. Es sieht dunkler aus als vorhin, das Strahlende, Kindliche hat sich verloren, nur ihre Augen lächeln, als lägen sie noch in der Sonne.

Sie beginnt wieder, von dem zu sprechen, was er mit seiner Frage ausgelöst hat, vom Beifall, von der Schauspielkunst, vom Theater, von der Stimulanz, die der Schauspieler braucht. Es scheint sie zu beschäftigen. Stimulanz braucht nach ihrer Ansicht jede Kunst, zumindest jede reproduktive Kunst,

aber auch die produktive. Jetzt könnte er sich mit ihr streiten. Er ist anderer Meinung. Nicht jede, sagt er, die produktive Kunst braucht keine Stimulanz. Wieder richtet sie sich ein wenig auf und sieht ihn an, sie ist etwas irritiert, hinter ihrem »warum« stehen viele Fragezeichen. Er gibt ihr nicht gleich eine Antwort, sondern zuckt nur mit den Schultern, als sei die ganze Frage bedeutungslos, aber sie wiederholt ihr »warum?« Und jetzt sagt er etwas, was sie nicht erwartet hat, er sagt: Ich glaube, es ist so.
Ihre Augen bekommen etwas leicht Fassungsloses, diese Feststellung scheint ihr zu einfach zu sein, zu selbstverständlich, zu naiv, jeder kann sagen, es ist so, aber damit muß es noch keineswegs so sein. Er glaubt ihre Gedanken fast körperlich zu spüren, ihr Gesicht verrät es ihm, ihre Augen, doch nichts Spöttisches ist da, nichts Überlegenes, sie beginnt wieder zu lächeln, und plötzlich ist wieder das Kindliche da, das er für einige Minuten vermißt hat. Sie wischt das alles mit einer Handbewegung fort, eine sehr gekonnte Handbewegung, eine, wie er meint, aparte Handbewegung. Es beeindruckt ihn, wie schnell ihre Stimmungen wechseln, alles

folgt unmittelbar aufeinander, er könnte es für sich aufzählen: Pessimismus und Heiterkeit, Optimismus, Verzweiflung, Traurigkeit, Ernst und Lachen, alles kommt für ihn aus einem scheinbar unbegrenzten Reservoir von Gefühlen.

Sie schweigt jetzt, wieder zurückgelehnt, und hat anscheinend vergessen, wie lange sie hier schon sitzen, sie fühlt sich wohl in seiner Gesellschaft, er weiß es oder glaubt, es zu spüren. Es kommt ihm vor, als hätte sie sich zusammengerollt, die Hände im Schoß, die Beine angezogen.

Die Jugendlichen um sie herum sind immer noch da, lärmend, unruhig, einige sind gegangen, andere gekommen. Der hektische Lärm scheint sie nicht zu stören, sie tut, als höre sie das alles nicht, als sei eine schalldichte Glaswand um sie herum. Sie muß öfter hier sitzen, in dieser Eisdiele, hier im Garten, umgeben von den jungen Leuten, etwas muß sie hierher ziehen, vielleicht sucht sie Entspannung, vielleicht aber auch die Jugendlichkeit der anderen, die sie braucht oder von der sie zehrt. Es sind seltsame Gedanken, die kommen und gehen, Gedankensplitter für einen kurzen Augenblick. Vielleicht gehört

sie zu den Menschen, die nicht alt werden können, er weiß ja nichts von ihrem Leben, so gut wie gar nichts. Das Theater ja, die Bühne von Anfang an, schon in sehr, sehr jungen Jahren. Das ist ihm bekannt, aber dahinter muß es doch noch ein anderes Leben geben, ein Leben der Hoffnungen, der Wünsche, der Erfüllungen und der Enttäuschungen, ein privates Leben. Er könnte sie danach fragen, aber er wagt es nicht. Es geht ihn nicht das geringste an, und sie könnte eine solche Frage aufdringlich neugierig und als unangebracht empfinden.
So sagt er fast gegen seinen Willen etwas ganz Alltägliches: Wollen wir gehen oder noch bleiben? Ich habe Zeit. Was meinen Sie?
Sie antwortet nicht, den Kopf weit zurückgelehnt, gibt sie sich irgendwelchen Gedanken hin, die sicher nichts mit ihm zu tun haben. Ihre Augen schließen sich und öffnen sich wieder, und es sieht aus, als spiele sie etwas, das sie noch nicht ganz beherrscht. Und wieder ist die Nervosität in ihrem Gesicht, die er gern verscheuchen möchte, mit einer Geste, einem Wort oder einer Handbewegung.

Doch plötzlich ist wieder alles verändert, sie sieht ihn an, lacht, schüttelt den Kopf, so als hätte sie gerade geträumt, und sagt: Ja, wir können gehen, wenn Sie wollen, oder auch noch ein Eis essen. Ich esse noch ein Eis. Sind Sie damit einverstanden?
Das dritte, denkt er, und ist zugleich verwundert, daß jemand soviel Eis essen kann, ihm genügt eins, aber er beeilt sich, ihr zu versichern, daß er selbstverständlich damit einverstanden sei. Schon hat sie die Eiskarte vom Tisch genommen und flüstert Vanille mit Schokolade, das esse ich am liebsten, und nun bestellt er sich, zu seiner eigenen Überraschung selbst noch ein Eis, ebenfalls Vanille mit Schokolade, sagt aber nicht, daß er das am liebsten ißt, sondern nur: Ich kann ja auch noch eins essen.
Sie gibt sich ein wenig übermütig, als die Eisbecher kommen, ja, sie ist von einem solchen jugendlichen Übermut, daß auch er zu lachen beginnt, sie aber gleichzeitig beobachtet, ob das alles nur aufgesetzt ist oder nicht, ein Mittagsspiel vielleicht an einem heißen Sommertag, unter Sonne und Kastanienbaum. Nein, es ist nicht so. Sie scheint wirklich heiter, fröhlich und ausgelassen zu sein. Alles

an ihr wirkt jetzt auf ihn ein wenig zappelig, voll von einer scheinbaren glücklichen Unruhe.
Kaum steht der Eisbecher auf dem Tisch, hat sie ihn auch schon in der Hand und sieht ihn über den Rand des Bechers an, indem sie den ersten Löffel ihrer Vanille-Schokolade zum Mund führt. Ihre Augen sind jetzt hell, nicht dunkel wie vorher, es tanzen, so meint er, kleine Lichter darin, Sonnenreflexe vielleicht, denn die Sonnenstrahlen kommen durch die Zweige des Kastanienbaums. Sie liegen wie Lichtstreifen auf ihrem Gesicht, einer auf der Stirn unter dem Haaransatz, einer auf ihren Lippen und der letzte erst weiter unten, fast auf dem Hals. Er kann ihre Lippen betrachten, die nach seiner Ansicht nicht sehr ausdrucksvoll sind, nur etwas wie Energie glaubt er zu erkennen, verhaltene Energie, die sie wohl braucht für ihre Karriere. Er ist kein guter Beobachter, er gesteht es sich ein, und er kann sich auch hier irren wie so häufig.
Plötzlich hört sie auf mit ihrem Eisessen, sieht ihn wieder an und sagt: Essen Sie doch, es schmeckt wundervoll.
Sie sagt nicht gut, sondern wundervoll und

spricht es aus, als stände sie auf der Bühne. Es klingt vollmundig, fast hymnisch, und sie könnte damit auch etwas anderes bezeichnen als Vanille-Schokoladen-Eis. Er findet es ein wenig albern, ein Eis wundervoll zu nennen, sie könnte, so denkt er, die Sprache auch etwas ernster nehmen, sie ist ja Schauspielerin und hat täglich Umgang mit der Sprache, nicht mit der Alltagssprache, sondern mit der Sprache der Literatur. Es sind nicht sonderlich ernste Gedanken, schließlich kann jeder reden wie er will, auch eine Schauspielerin.
Nun nimmt auch er sein Eis und beginnt zu löffeln. Das Schweigen, das entsteht, gefällt ihm, es erinnert ihn an die Stille zwischen dem Ende eines Theaterstücks und dem einsetzenden Beifall, die sie vorhin erwähnt hat, die Sekunden oder die Minuten der Stille. Er hätte gern mit ihr noch einmal darüber gesprochen, mehr über das Schweigen, das Schweigen nicht nur als Konzentrationsmöglichkeit, sondern auch als intensive Mitteilung, die unter Umständen stärker ist als das gesprochene Wort. Aber er kommt nicht dazu.
Bevor er noch etwas sagen kann, stellt sie ih-

ren nunmehr leeren Eisbecher auf den Tisch zurück und sagt: Jetzt ist es genug. Mehr kann auch ich nicht vertragen.
Sie ist wieder ganz lebendig, zappelig, wie er es nennt, und ihr Gesicht kommt jetzt dem seinen so nahe, als wolle sie ihn umarmen und ihr Gesicht an das seine drücken. Er bewegt sich etwas zurück, unmerklich, für sie nicht spürbar, und weiß nicht, wie er sich benehmen soll, da ist wieder das Unnahbare, das Trennende, das, was sie gleichzeitig anzieht und voneinander entfernt. Er kann es sich nicht erklären, er ist unsicher, jede Geste des Entgegenkommens von seiner Seite löst bei ihr vielleicht ganz andere Reaktionen aus: schroffe Ablehnung oder Entsetzen über ihn, der doch keiner der Jugendlichen ist, die um sie herumsitzen.
Er kann es sich nicht leisten, hier den jugendlichen Liebhaber zu spielen, und er ist fest davon überzeugt, daß sie ihn auch nicht so zu sehen wünscht. Er ist zu alt dazu, und auch sie hat schon die Mitte des Lebens hinter sich. Aber vielleicht ist es auch etwas anderes, was ihn so zurückhaltend macht: Schüchternheit gegenüber der berühmten Schauspielerin, und vielleicht empfindet sie dasselbe

ihm gegenüber, vielleicht ist es das, was sie zu soviel Zurückhaltung veranlaßt. Er selbst war schüchtern in seiner Jugend und Kindheit, und wahrscheinlich war auch sie es. Ein Rest ist vielleicht davon geblieben trotz aller Erfahrung und aller Weltgewandtheit.

Es sind keine klaren Gedanken, die ihn bewegen, es sind Empfindungen, schnell wieder weggleitende Überlegungen. Manchmal hat er den Eindruck, daß sie ihn, nur für Sekunden, gar nicht wahrnimmt. Dann ist sie für ihn irgendwo, in einer ihrer Rollen, auf der Bühne oder woanders, wohin er ihr nicht folgen kann. Doch plötzlich ist sie wieder da, vor ihm, ganz gegenwärtig, ihr Gesicht ganz nah und ihre dunkelbraunen Augen lachen, so heiter und fröhlich, als gäbe es nichts, was sie belasten könnte. In solchen Augenblicken möchte er ihr etwas Besonderes sagen, möchte ihr Komplimente machen, aber alles, was ihm einfällt, erscheint ihm zugleich trivial, dumm und albern, abgedroschene Sätze, die er sich ihr gegenüber nicht erlauben kann.

Ihre Hände fallen ihm auf, sie sind so klein und zartgliedrig, sie sind fast immer in Bewegung, laufen, so scheint es ihm, bald hierhin, bald dorthin und kommen selten ganz zur Ruhe. Er könnte ihr etwas über ihre Hände sagen, etwas Poetisches, sie regen ihn dazu an, aber es fällt ihm nichts ein. Das Wort »poetisch« verläßt ihn nicht, sie ist vielleicht von einem anderen Stern, von einem poetischen Stern. Ihre Karriere spricht dagegen, dieser Weg auf den Bühnen zur vielbewunderten Darstellerin. Sie ist real, nicht wirklichkeitsfern. Doch da ist der immer wechselnde Ausdruck ihres Gesichts, ihrer Gefühle, der schnelle Wechsel ihrer Gedanken. Manchmal kommt er sich seltsam schwerfällig vor. Diese Flut von Empfindungen, die kommen, verebben und wieder kommen, haben sicherlich nichts mit ihm zu tun, und doch möchte er sie gern auf sich beziehen. Es ist Unsinn, er weiß es, oder er stellt sich vor, daß es nur Unsinn sein kann, er möchte ihr näherkommen und möchte es doch nicht, und er glaubt zu wissen, daß es bei ihr nicht anders ist. Immer geht sie einen Schritt auf ihn zu und dann wieder einen Schritt zurück, und er tut dasselbe, einen Schritt vor und einen Schritt zurück im Wechsel mit jeder Bewegung, jeder Geste, jedem Blick.

Da ist die Wand zwischen ihnen, die sie errichtet hat, oder auch er, oder sie beide, eine hauchdünne Wand, nicht ganz durchsichtig, und doch durchsichtig, die sie beide nicht überwinden können. Vielleicht bedarf es nur eines Anstoßes von außen, nur eines Ereignisses, eines Wortes, einer Handlung, die ganz unwesentlich ist, und die Wand bricht zusammen. Indem er dies denkt, unklar empfindet und sich verschwommen vorstellt, weiß er zugleich, daß es nicht so ist. Für einen Moment gibt er sich selbst die Schuld, er ist vielleicht zu zurückhaltend, zu befangen, zu sehr auf Distanz bedacht. Er könnte sich zu ihr niederbeugen, etwas Zärtliches sagen oder ein Wort, das nach Zärtlichkeit klingt. Er tut es nicht, und sie gibt ihm keine Möglichkeit dazu.
Sie spricht jetzt von ihm, von seiner Arbeit, ganz sachlich, nüchtern, interessiert. Woran er schreibe? Er weiß nicht, was er darauf antworten soll. Jede Antwort würde zu weit führen, bedarf nach seiner Ansicht eines ausführlichen Gesprächs. So sagt er Vordergründiges, leichthin, mit einem Lachen: Eigentlich tue ich gar nichts, ich hänge Vorstellungen und Träumen nach, die sich nicht

realisieren lassen, jedenfalls jetzt nicht, noch nicht. Sie hört ihm dabei zu, die Augen auf ihn gerichtet, neugierig, wie es ihm erscheint, aber in ihrem Blick ist mehr als Neugier. Es stört ihn, von seiner Arbeit zu sprechen.
Sie ist ihm wieder ganz nah. Ihr Gesicht ist gespannt und jeder Anflug von Nervosität ist überraschend verschwunden. Ob die kleinbürgerliche Atmosphäre nicht seine Arbeit beeinträchtige, die Atmosphäre in dem Haus, in dem sie beide wohnen. Sie fände es manchmal deprimierend, es müsse doch auch ihn stören. Nein, es stört ihn nicht. Er weiß, er nimmt das Haus mit all seinen Parteien und Bewohnern kaum wahr. Die Menschen sind ihm mehr oder weniger gleichgültig. Er gibt ihr eine kurze Antwort: Nein, ich empfinde es nicht.
Sie sieht ihn verwundert an, als begreife sie nicht ganz, wieso er in einer solchen Atmosphäre arbeiten kann. Schreiben ist für sie offensichtlich ein Vorgang, der allergrößte Ruhe und völlige Abgeschlossenheit braucht. Das Gespräch verläuft stockend, nicht sonderlich konzentriert, und sie sieht jetzt weg, zur Straßenseite hin, als höre sie ihm nicht zu. Etwas bewegt sie, aber er weiß nicht, was

es ist. Erinnerungen vielleicht, Gedanken, die weit zurückgehen. Und plötzlich, fast ruckartig, dreht sie ihren Kopf herum und sieht ihn an, so, als hätte sie ihm etwas Besonderes zu sagen. Ihr Blick irritiert ihn. Erstaunen über sich selbst ist darin und als wolle sie ihm etwas offenbaren, was sie nur ihm mitteilen kann. Sie sagt: Ich habe auch versucht zu schreiben.

Es berührt ihn nicht sonderlich, er denkt, wer versucht nicht zu schreiben, aber er sagt nicht, was er gern sagen möchte: Viele versuchen zu schreiben. Er nickt nur leicht vor sich hin und wartet darauf, daß sie fortfährt, und sie spricht auch gleich weiter: Früher, in meiner Jugend, habe ich Gedichte geschrieben, viele Gedichte. Am liebsten schrieb ich bei Kerzenlicht. Es war eine Art dummer Pubertätsromantik. Damals war ich noch auf der Ballettschule. Gelang mir ein Gedicht, tanzte ich danach oder versuchte danach zu tanzen. Etwas überspannt, nicht wahr? Aber ich war wohl überspannt. Später, wenn ich die Gedichte wieder las, erschienen sie mir unbeholfen, schlecht, exaltiert. Dann habe ich sie weggeworfen oder an derselben Kerze verbrannt, in deren Licht ich sie geschrieben hatte.

Wenn ich diese Gedichte noch hätte, würde ich sie Ihnen zeigen und Sie könnten darüber lachen. Aber ich habe sie nicht mehr. Nichts ist davon übriggeblieben. Später, ich war schon auf der Schauspielschule, habe ich es mit Prosa versucht. Es war wieder dasselbe. Beim ersten Lesen gut, beim zweiten Lesen schlecht. Als ich auf der Bühne war, habe ich es dann ganz aufgegeben. Ich war wohl nicht begabt genug dafür.

Er hat ihr schweigend zugehört, ohne ihrem Blick auszuweichen. Nur einmal hatte er versucht zu lächeln, es aber gleich wieder aufgegeben, als er bemerkte, daß sie stutzte und ihre Mitteilung abbrechen wollte. Jetzt sieht sie ihn an, als erwarte sie ein Urteil von ihm über ihre nicht mehr vorhandenen Jugendmanuskripte, so, als hätte er diese in der Hand und gerade gelesen. Ihr Blick wandert aufmerksam über sein Gesicht, und er weiß wieder nicht, was er ihr antworten soll. Wer hat in seiner Jugend nicht geschrieben, oder: Schreiben kann jeder, oder irgendeine Banalität. Es fallen ihm eine Reihe von alltäglichen Sätzen ein, die nichts besagen.

So schweigt er, sieht in die leeren Eisbecher, die auf dem Tisch stehen, in die Zweige des

Kastanienbaums, die immer noch sonnenbeschienen sind, und plötzlich hört er sie lachen. Es ist ein seltsames Lachen, nicht laut, nicht grell, sondern leise und voll kindlicher Naivität. Ein kleines Mädchen lacht so, denkt er, und fast hätte er »glockenrein« gedacht, aber er findet das Wort zu kitschig und wirft es sofort wieder aus seinen Gedanken hinaus. Und glockenrein ist es auch gar nicht, es ist ein gebrechlicher Ton dahinter, den er gern näher definieren möchte. Doch so schnell wie ihr Lachen gekommen ist, bricht es auch wieder ab. Sie wirkt jetzt sehr lebendig auf ihn, und ihre Augen strahlen, als hätte man sie mit irgendeinem Bühnenmittel zum Leuchten gebracht. Sie spricht sehr schnell: Ich weiß, was Sie denken, aber nicht sagen wollen. In der Jugend schreibt jeder, nicht wahr? Aber meistens kommt nichts dabei heraus.
Es ist fast genau das, was er gedacht hat. Er bestreitet es sofort mit einem Lachen, das ihr zeigen soll, wie wenig ernst er dieses Gespräch nimmt: Nein, nein, ich habe das nicht gedacht. Sie hätten es nur durchhalten müssen. Man darf es nicht zu früh aufgeben.
Sie sieht ihn an und zieht fast jedes Wort von

seinen Lippen, und zugleich erscheint es ihm so, als nähme sie das ganze Gespräch ebenfalls nicht ernst. Warum sprechen sie darüber, aus Verlegenheit, aus Scheu, nur um etwas zu sagen. Er möchte von seiner Jugend sprechen, von den vielen Ungereimtheiten, den vergeblichen Versuchen, den Zufällen, dem Hin- und Hergeworfensein, er tut es nicht. Warum sollte sie sich dafür interessieren. Es kommt ihm aufdringlich vor, von sich zu erzählen. Beide schweigen einen Augenblick lang, und das Leuchten in ihren Augen verschwindet so schnell, wie es gekommen ist.

Eine Gruppe von Jugendlichen betritt den Garten, leicht gekleidet, sommerlich, ausgelassen. Sie betrachtet jeden Teenager aufmerksam, so als gehöre sie zu ihnen, als sei dies ihre Welt. Lebt sie noch in dieser ihrer Jugend, die doch längst vergangen ist, oder sehnt sie sich danach zurück? Ihr kindliches Lachen spricht dafür, ihre Naivität, die er oft für gespielt hält, ihre Kleidung, die betont jugendlich ist. Er kann es sich nicht erklären, und jede Frage danach wäre unangebracht, peinlich, ja, er gesteht sich ein, daß ihre Naivität, ihre Jugendlichkeit eine Faszination auf ihn ausübt, gleichgültig, ob sie gespielt ist oder nicht. Er kann sich nicht erklären, woher diese Jugendlichkeit kommt, die ihm bald natürlich, dann aber wieder unnatürlich erscheint. Es muß etwas in ihrem Leben geben, das er nicht kennt und nicht kennen kann, etwas vielleicht weit Zurückliegendes, zurück bis zu ihren Jungmädchenträumen, den Jahren ihrer Gedichteschreiberei bei Kerzenlicht. Etwas überspannt, hat sie es genannt, doch vielleicht ist sie heute noch überspannt, vielleicht, denkt er, hat sie ihre Jugend nie überwunden, hat den Sprung von dem einen Lebenskreis in den anderen nie geschafft.

Einer der Jugendlichen kommt an ihren Tisch und bittet um einen Stuhl. Sie gibt den Stuhl mit einer Handbewegung frei, und wieder fällt ihm auf, wie selbstverständlich sie sich hier bewegt, während er selbst sich etwas unbeholfen und deplaziert vorkommt. Er ärgert sich darüber. Jeder kann in einer Eisdiele sitzen, und ihre gewollte oder gespielte Jugendlichkeit kann ihm nicht unangenehm sein und ist es auch nicht. Die Jugendlichen bemerken nichts davon. Sie sind mit sich selbst beschäftigt.

Jetzt spricht sie von einem Theaterstück, in dem sie im Herbst auf ihrer Tournee spielen wird: Die Nacht des Leguans. Kennen Sie es?
Nein, er kennt es nicht, er hat davon gehört, aber er weiß nicht, um was es sich handelt.
Es ist ein gutes Stück, sagt sie, ich übe es nachts, wenn Sie mich über sich hin und her laufen hören. Aber noch haben wir mit den Proben nicht begonnen.
Er sieht sie dort oben in ihrer einsamen Wohnung hin und her gehen. Noch nie hat er dort oben Schritte eines anderen Menschen gehört, irgendeines Freundes, eines Verwandten oder Kollegen. Er kennt die Wohnung nicht, hat sie nie betreten und kann sie sich auch nicht vorstellen. Die Haushälterin hat ihm erzählt, die Wohnung stände voll von alten, zum Teil antiken Möbeln, darunter Möbel aus der Jahrhundertwende, große, dunkle Stücke, die erdrückend wirken müssen. Wie kann man unter solchen epochalen Zeugen einer vergangenen Zeit leben, allein, einsam, nur mit dem beschäftigt, was andere geschrieben haben. Sie muß darunter leiden oder es zieht sie irgend etwas immer wieder

in diese Wohnung zurück. Es sollen, so hat er erfahren, die Möbel ihrer Eltern sein, und vielleicht rekonstruiert sie sich hier immer wieder das Leben ihrer Kindheit, von dem sie nicht loskommt oder nicht loskommen will, und in diesem Augenblick spricht sie aus, was er sich nur unklar vorstellt, sie mag die Wohnung nicht, nein, sie mag sie nicht.

Sie sagt es zögernd und doch zugleich sehr bestimmt. Es ist also so, wie er es sich vorgestellt hat: eine Wohnung, die sie haßt, und die sie doch gleichzeitig immer wieder magisch anzieht. Doch das alles steht im krassen Gegensatz zu dem, wie sie sich gibt: zu ihrer Jugendlichkeit, zu ihrer Lebendigkeit, zu ihrem intellektuellen Wachsein. Es fällt ihm schwer, seinen eigenen Vorstellungen zu glauben. Er versucht ihr zu widersprechen, er spricht von dem leichten, hellen Bau, in dem sie leben, von dem Grün, das sie umgibt, von den Gärten, von den Spaziergängen, die möglich sind, es ist eine Vorstadtwelt, bürgerlich, kleinbürgerlich, aber sie hat auch Vorteile: die Ruhe, die Stille, das Nichtgestörtwerden durch die Hektik der Großstadt.

Sie hört ihm schweigend zu, und erst, als er

alles gesagt hat, was er sagen will, erwidert sie: Ich weiß, ich weiß. Ja, sie bestätigt ihm alles, es ist so wie er sagt, nur sie habe ausschließlich von ihrer Wohnung gesprochen, die jage ihr manchmal Angst ein, etwa, wenn sie nach Hause käme nach einer längeren Abwesenheit.

Es ist also so, wie er vermutet hat: das Alleinsein, die Einsamkeit, das Leben in ihrer alten Möbelwelt, die Diskrepanz vielleicht zwischen dem Heute und dem Gestern. Warum gibt sie es nicht auf, warum verändert sie es nicht, dieses Leben. Sie muß doch Menschen kennen, viele Menschen, Freunde, Kollegen aus ihrer Bühnen- und Theaterwelt, sie wird doch bewundert und vielleicht auch begehrt. Er kann es sich nicht erklären. Aber da ist die gläserne Wand, die auch sie trennt, eine dünne Wand, die man einstoßen können muß. Er denkt: Vielleicht ist es diese Wand, die sie von der Nähe der Menschen trennt, von der allzu großen Nähe, vor der sie Angst hat wie vor ihrer Wohnung.

Eine kurze Zeit lang hat er nicht auf sie geachtet, und jetzt kommt es ihm vor, als sei sie eingeschlafen. Die Schatten des Kastanienbaums sind dichter geworden, und kein noch so schwacher Sonnenstrahl liegt auf ihrem Gesicht. Er versucht sie zu beobachten, ihr Gesicht mit den geschlossenen Augen, er möchte es sich einprägen. Es gelingt ihm nicht, es ist, er weiß es jetzt, ein Gesicht, das sich ständig verändert, einen immer neuen Ausdruck annimmt, jeweils nach der Intensität ihrer Gedanken und ihrer schnell wechselnden Gefühle.

Überraschend schlägt sie die Augen auf, und ihre Blicke begegnen sich, als seien sie schon lange miteinander vertraut. Ihre Stimme klingt sehr leise, fast flüsternd: Entschuldigen Sie, ich bin nicht eingeschlafen, es ist nur der Sommer, die Wärme. Ich habe bemerkt, daß Sie mich beobachtet haben. Aber ich war ganz wach.

Er bestreitet, sie beobachtet zu haben: Um Gottes willen, nein, ich habe Sie nicht beobachtet. Von mir aus hätten Sie einschlafen können. Ich wäre hier sitzen geblieben, um Ihren Schlaf zu bewachen. Mich hätte es nicht gestört.

Sie lacht ihn an, leicht gehemmt, schüchtern: Wirklich nicht? Und für einen Augenblick erscheint es ihm, als sei die gläserne Wand zwischen ihnen zusammengebrochen, nur eine

Sekunde lang für ihn, er empfindet es so. Sie spricht von der Sonne, die schon auf den Dächern der gegenüberliegenden Häuser auf der anderen Straßenseite sitzt: Es ist schon spät, ich glaube, wir müssen gehen.
Schon ist alles wieder so, wie es vorher war. Sie sind sich fremd, er gesteht es sich ein, und der Weg zueinander ist wieder blockiert. Sie erhebt sich, sehr schnell, leichtfüßig hätte er es unter Umständen genannt, klein, beweglich, grazil, scheinbar voller Fröhlichkeit und Lebenslust. Mit einer Stimme, die nicht mehr leise ist, ruft sie die Bedienung herbei, und wieder spricht sie Italienisch, als sei dies ihre Muttersprache. Alles scheint ihr hier sehr vertraut zu sein. Es fällt ihm wieder auf, so wie es ihm zu Anfang aufgefallen ist. Sie geht vor ihm her durch die Tischreihen, mit ihrer dunkelblauen Samthose, jetzt etwas energisch, mit kurzen Schritten. Etwas knabenhaft, denkt er, so, wie er sie vor sich hergehen sieht.
Auf dem Bürgersteig bleibt sie stehen und dreht sich zu ihm um: Wir fahren gleich nach Hause, nicht wahr?
Er bestätigte es mit einem Kopfnicken. Es ist besser zurückzufahren, er weiß nicht,

warum, aber er empfindet es so, diese Mittagsstunden sind genug für eine so flüchtige Bekanntschaft, und er meint zu wissen, daß auch sie so denkt. Vielleicht sollte er anders handeln, sie zu einer Spazierfahrt einladen, es ist ja noch Zeit genug bis zum Abend, sie könnten aus der Stadt hinausfahren, in den Sommernachmittag, irgendwohin an einen nahegelegenen See. Jede andere Frau, die ihm sympathisch ist, hätte er dazu überredet, nur hier tut er es nicht und wundert sich zugleich über seine Zurückhaltung. Warum ist es so? Er möchte ihr näherkommen und möchte es doch nicht, und bei ihr kann es nicht anders sein. Ihre Wünsche lassen sich nicht in die Realität umsetzen. Warum läuft sie immer wieder, bei jeder Begegnung, strahlend auf ihn zu, um dann im letzten Augenblick zurückzuzucken. Angst? Nein, das kann es nicht sein. Unsicherheit. Das auch nicht. Aber was dann? Er weiß es nicht.

Sie sitzt schon am Steuer ihres Wagens, als er auf der anderen Seite einsteigt. Wieder fällt ihm auf, wie klein sie ist. Alles in ihrem Wagen ist so hergerichtet, daß sie über das Steuerrad blicken kann. Ihre Hände sind fast vor ihrem Gesicht. Sie ist wie ein altgewordenes

Kind, denkt er, und nach seiner Meinung fährt sie auch so, schnell, mit hochgetriebenen Geschwindigkeiten, in jeder Kurve knirschen die Reifen. Sie läßt den Wagen auf der Straße stehen, vor dem Haus, in dem sie wohnen, sie fährt nicht in die Tiefgarage, wie er erwartet hat. Er ist ihr nicht behilflich beim Aussteigen, es ist auch nicht nötig. Etwas zu jugendlich springt sie aus ihrem Wagen.

Auf dem Weg zum Hauseingang berührt er sie leicht am Arm, eine vertrauliche, freundschaftliche Geste, nicht mehr. Seine Wohnung liegt im ersten Stock und ihre im zweiten, direkt über der seinen. Sie gehen die Treppe hinauf, und vor seiner Wohnungstür verabschiedet sie sich mit einer leichten Verbeugung, die ihm sonderbar und höchst originell vorkommt. Warum verbeugt sie sich? Spielt sie wieder, befindet sie sich schon wieder in einer Rolle, wobei der Zwischenflur, in dem sie stehen, eine Art Bühne ist. Er kommt sich selbst ein wenig komisch vor, er möchte darüber lachen, aber er kann es nicht und gibt sich so ernst wie sie. Merkwürdigerweise verbeugt er sich ebenfalls, wie unter einem Zwang, als stände auch er auf der

Bühne. Ihre Hand liegt flüchtig in der seinen. Sie entzieht sie ihm schnell: Es war schön in der Eisdiele. Er nickt: Ja, ja, es war schön, belanglose Worte, die, so kommt es ihm vor, nur gesagt werden, um etwas zu sagen. Er schließt seine Wohnungstür auf, und sie geht die Treppe weiter hinauf zu ihrer Wohnung.

*

Wieder sind ihre Schritte über ihm. Sie geht hin und her wie immer, nur jetzt, so scheint es ihm, betont verhalten, so, als setze sie ihre Füße leise auf, um ihn nicht zu stören. Um so deutlicher nimmt er ihre Schritte wahr. In der Stille, die ihn umgibt, glaubt er jedes Geräusch zu hören: das Rücken eines Stuhls, das Rascheln von Papier, offensichtlich lernt sie wieder eine Rolle, und manchmal glaubt er, sie atmen und mit sich sprechen zu hören.

Es ist eine Einbildung. Er weiß es. Wenn sie laut spricht, kann es nur der Mensch sein, den sie darzustellen hat, morgen oder übermorgen, ein fremder Mensch, in den sie sich hineindenken, hineinsprechen muß, aber er hört keine Stimme. Sie käme auch nicht bis

zu ihm herunter. Die Decke über ihm würde es verhindern. Nur das Geräusch ihrer Fußsohlen ist da, jetzt ein gleitendes Geräusch, als schwebe sie über dem Fußboden, als tanze sie die Tänze ihrer Jugend, Tänze aus der Ballettschule, aus den ersten Jahren ihrer Anfänge. Brennt da nicht vielleicht wieder ein Kerzenlicht auf einem Tisch, an dem sie ihre Gedichte schreibt, zu denen sie tanzt und die sie anschließend zerreißt?
Die Romantik ihrer Jugend, ist sie nicht noch immer da, eine Romantik, aus der sie sich nicht lösen kann und eine Jugend, die nicht vergehen will? Spielt sie es sich nicht immer wieder vor, das Jugendliche, das Naive, das Kindliche, die Träume von gestern? Es beeindruckt auch ihn. Er gesteht es sich ein. Möchte er sich nicht selbst so sehen, jung, elastisch, ohne die Erfahrung eines langen Lebens? Nein, er sieht sich nicht so, er will und kann sich nicht so sehen. Und sie? Sieht sie sich nicht noch immer so: die große ästhetische Naive, die sie war und noch immer ist und doch nicht immer sein kann? Die Spuren des Alterns sind unverkennbar. Er hat sich Mühe gegeben, sie zu übersehen, und hat sie doch gesehen. Man kann versuchen, sie zu

verwischen, man kann sie überspielen, wie sie es tut, sie treten doch immer wieder hervor. Ihre Schritte über ihm sind wie ein ständiger Widerstand dagegen, nervös, gereizt und wieder tänzerisch und gleitend.
Er stellt sie sich in ihrer Wohnung vor, die er nie gesehen hat und von der er doch weiß, wie sie aussieht: die antiken Möbel, die alten schweren Möbelstücke aus der Jahrhundertwende, die große Standuhr, an der sie vielleicht hängt, eine Erinnerung an ihre Kindheit, die Schränke ringsum, das Porzellangeschirr, das schon ihre Eltern benutzt haben, überall Erinnerungen, die sie ansehen und vor denen sie sich vielleicht fürchtet und die sie doch immer wieder in ihren Bann ziehen. Er glaubt, sich alles vorstellen zu können: die alten Teppiche, die Renaissancekommoden, von denen sie sich nicht trennen kann und von denen sie einmal erzählt hat, die Ölgemälde, Schinken aus dem neunzehnten Jahrhundert vielleicht, die längst sich selbst überlebt haben. Staub? Nein, kein Staub. Alles sieht aus, als würde es täglich gepflegt, gebohnert, gewaschen, mit der Nagelbürste gereinigt.
Nichts dort oben, so scheint es ihm, ist Ge-

genwart, und vielleicht ist auch sie selbst schon Vergangenheit, ist es für sich selbst in ständiger Auseinandersetzung mit der Gegenwart, ein immerwährender Kampf, den er nur mühsam versteht.
Er sieht sie wieder vor sich, in den Jahren nach dem Krieg, ihre großen Auftritte, ihre Erfolge, unvergeßlich für viele und auch für ihn, ihr Gesicht sieht ihn aus den Zeitungen an, ein Gesicht, das ihn fasziniert, beeindruckt und immer wieder angezogen hat. Ist es noch dieselbe Frau von damals, die über ihm hin und her geht mit ihren nackten, gleitenden und tanzenden Füßen? Oder sind die Lebenskreise, die ein Mensch durchläuft, so verschieden, daß er auch zu jeder Zeit ein anderer ist? Die Jahre des großen Aufbruchs, der unbegrenzten Hoffnungen, der improvisierten Anfänge sind längst vorbei. Nichts ist davon geblieben als Gleichgültigkeit, Kontaktarmut, Perfektion. Leidet sie darunter, mehr als er selbst? Warum ist sie immer allein, warum sieht er nie einen anderen Menschen in ihrer Gegenwart, nie einen Mann? Er kann es sich nicht erklären, und alle seine Denkversuche sind hilflos. Sie bringt ihm Sympathie entgegen, viel Sym-

pathie vielleicht, er spürt es bei jeder Begegnung, und doch ist dort die Wand, die er nicht überwinden kann und, er weiß es nicht genau, auch nicht überwinden will. Ist es die Wand, die sie selbst um sich aufgebaut hat, aus Angst vor dieser Zeit, dieser Gegenwart, aus Angst vor der Zerstörung ihres eigenen Ichs, in dem sie sich abgekapselt hat. Seine Gedanken über sie sind, er spürt es, hilflos. Sie ergeben kein geschlossenes Bild, nur Fragen, die er nicht beantworten kann und wohl auch nicht beantworten will. Wovor sie sich auf der Bühne fürchtet, vor der Rolle der reifen Frau, der älteren Dame, der Frau, die ihre Jugend hinter sich hat, davor fürchtet sie sich wahrscheinlich auch in ihrem Leben. Er weiß nicht, ob es so ist. Er nimmt es an, eine Vermutung wie andere auch.

Mit gekreuzten Armen, die Hände hinter dem Kopf, liegt er im Bett und hört den Schritten zu, die über ihm hin und her gehen, bald sehr leise, bald etwas lauter, kräftiger, doch immer verhalten. Nein, sie will ihn nicht stören. Sie hat es schon ein paarmal gesagt, und er hat immer wieder beteuert, daß sie ihn gar nicht stören kann, er sei unempfindlich dagegen. Es fällt ihm eine Begeg-

nung ein, die er schon so gut wie vergessen hat, sie liegt schon zwei Jahre zurück und fand zu einer Zeit statt, als er sie noch nicht näher kannte und gerade erst in dieses Haus gezogen war.
Da war sie spät am Abend in ein italienisches Restaurant gekommen in Begleitung eines jungen, sehr jungen Mannes und hatte mit ihm am Nebentisch Platz genommen. Er erinnert sich an ihr Gesicht, an ihr ständiges Lachen an diesem Abend, etwas angespannt, etwas aufgesetzt, selten natürlich, so, als müsse sie den jungen, rotblonden, etwas farblosen Mann, der ihr gegenübersaß, von sich überzeugen. Es hatte ihn damals seltsam berührt, diese aufgesetzte Szene ohne Rollenbuch, ohne Drehbuch. Etwas wie Unsicherheit war ihm dabei an ihr aufgefallen. Unsicherheit in der Gestik, in der Mimik, auch in der Sprache, die sie sonst so vorzüglich unter Kontrolle hatte. Die Unterhaltungsfetzen, die er aufgefangen hatte, waren ihm alle um eine Oktave zu hoch erschienen. Er hatte ihr beim Verlassen des Lokals nur flüchtig zugenickt, und ihre Antwort war ein Neigen des Kopfes gewesen, jener Verbeugung ähnlich, die er inzwischen von ihr kann-

te, leicht entschuldigend und mit einer Art Dank an einen irgendwo vorhandenen imaginären Beifall. Er hat diese Begegnung vor dem Beginn ihrer Bekanntschaft fast vergessen, jetzt aber, in der Stille der Nacht und in Gegenwart ihrer oben hin und her laufenden Füße, steht ihm alles wieder klar und fast plastisch vor Augen: der rotblonde, junge Mann, sehr viel größer, aber wohl um die Hälfte jünger als sie, immer schweigend, und ihr Gesicht, stark zurechtgemacht, etwas aufgelöst, und sie selbst immerfort redend, als hätten sich irgendwelche Schleusen in ihrem Inneren geöffnet.

Damals war ihm das nicht sonderlich aufgefallen, er meint, er hätte es kaum beachtet, jetzt aber erscheint es ihm höchst merkwürdig. So lange er sie kennt, nie hat sie sich ihm gegenüber so gegeben, nie war ihr Mund von Reden übergeflossen, nie hatte sie die Disziplin verlassen, die er als einen selbstverständlichen Teil ihres Charakters empfand. Es mußte also anders sein, als er bisher angenommen hatte, hinter der gläsernen Wand, die sie um sich aufgebaut hatte, verbarg sich etwas anderes: Gespaltensein vielleicht, auch das, aber wohl mehr der Wunsch, aus der

Enge ihres eigenen Lebens herauszukommen. Enge? Kann man es so nennen? Nein, es ist nicht Enge. Ihr Leben hat nach seiner Ansicht Spielraum genug: die Bühne, das Publikum, die Verehrer ihrer Begabung. Warum dann aber dieses ständige Alleinsein in der Wohnung über ihm, warum dann die verhaltene Scheu, die sie ihm entgegenbringt, warum immer wieder das emphatische Aufeinanderzugehen und das Umkippen der Emphase in Versteinerung. Auch das Wort Versteinerung ist nicht die richtige Bezeichnung. Er weiß es, aber er findet keine bessere. Können Gefühle versteinern, kann ein Leben versteinern, so weit, bis alle Gefühlswallungen nur noch artistische Übungen sind, die Darstellung einer Empfindung, nicht mehr die Empfindung selbst?
Nein, er findet sich nicht zurecht. Der Abend in dem italienischen Restaurant, der in seinem Gedächtnis aufgetaucht ist, widerspricht all diesen Überlegungen. Er versucht, sich ihr Gesicht vorzustellen, so, wie es damals war, die Bewegung darin, die Unruhe, die innere Spannung. Es gelingt ihm nicht. Ihr Gesicht verändert sich immer wieder, entfernt sich, verschwimmt. Plötzlich ist es

ganz weg, und dann taucht ihr eigentliches Gesicht wieder vor ihm auf, das Gesicht, das er kennt, und das vielleicht gar nicht ihr eigentliches ist. Aber welches ist ihr eigentliches Gesicht? Das sich stets verändernde Gesicht der Bühne, das ihn einmal so angezogen hat, dieses Gesicht einer Rolle, die sie ganz ausgefüllt hat. Er erinnert sich, sie einmal in einem Stück gesehen zu haben, das er längst vergessen hat: an ihren schwebenden Gang über die Bühne, an ihren astralen Gesichtsausdruck, an die Unwirklichkeit ihres Körpers, nicht von dieser Welt, sondern von einer anderen, imaginären. Sie war davongeschwebt in eine Unendlichkeit, die der Bühnenraum hergab, hinweg über im Horizont verschwimmende Hügel, wo sie sich auflöste, als wäre sie nie gewesen. Er sieht sie so vor sich, nicht existent und doch existierend, eine Frau ohne Körperlichkeit, ohne Verbindung zum Leben vielleicht.

Jetzt erscheinen ihm auch ihre Schritte so, nackte Füße, die hin und her schweben. Sie sind leiser geworden, sehr leise, und entfernen sich, so, als schwebten sie dort oben davon, hinaus in die Sommernacht, die vor den Fenstern steht. Doch die Schritte kommen

zurück, kommen näher, sind fast genau über seinem Kopf, wieder hörbarer, lauter, und wieder ist es ihm, als warte sie dort oben auf etwas, als warte sie auf etwas, was es nicht gibt oder was es für sie nicht geben kann. Aber auf was wartet sie? Ist es die Unendlichkeit, in die sie entschweben möchte wie auf der Bühne? Ist es die Sehnsucht nach dem Leben, das an ihr vorübergeht oder schon vorübergegangen ist, sind es ihre Träume, in die sie zu flüchten versucht. Flucht? Ja, es kann Flucht sein, Flucht vor sich selbst, Flucht vor ihrem eigenen Leben, das sie doch immer wieder zurückzieht. Seine Überlegungen sind vielfältig, er kann ihre Art zu leben so und so auslegen, er kann sich alles vorstellen, aber er hat keine Beweise dafür, daß es so ist. Wenn sie ihm nahe kommt, entfernt sie sich zugleich von ihm, und wenn sie sich entfernt, kommt sie ihm nahe. Wiederholt sich dieser Vorgang nicht bei jeder ihrer Begegnungen? Nähe ist zugleich Entfernung und Entfernung ist Nähe. Was hält ihn zurück, dies aufzuheben? Oder kann er es gar nicht aufheben?
Ihre Schritte über ihm sind verstummt. Er lauscht nach oben mit der Intensität dessen,

der schon gewohnt ist, ihr zuzuhören. Kein Geräusch kommt zu ihm herunter. Die Stille der Nacht hat auch die Wohnung über ihm ergriffen.

*

Sie gehen an dem Fluß entlang, der in unmittelbarer Nähe der Stadt seine Wassermassen schnell und eilig nach Norden schiebt. Der Weg ist so schmal, daß sie vor ihm her gehen muß, an den hohen uralten Bäumen vorbei, direkt am Ufer.
Es fällt ihm auf, daß sie flache Schuhe trägt, etwas schwere Wanderschuhe, wie man sie für das Hochgebirge anzieht. Auch ihr Hut scheint für diesen Spaziergang extra ausgesucht zu sein, ein grüner Velourhut. Ihr Kleid fällt halblang bis auf ihre Waden und wirkt auf ihn altjüngferlich. Diesmal, so denkt er, hat sie sich bei der Auswahl ihrer Kleidung vergriffen, sie, die doch bisher so viel Geschmack bewiesen hat. Er sieht auf ihren schmalen Rücken, der auf ihn seltsam nervös wirkt, so, als bewege sie ständig ihre Schultern, bald nach vorn, bald nach hinten, und auf ihre dunkelbraun gefärbten Haare, die unter ihrem Velourhut hervorquellen und den Nacken ausfüllen.

Alles gefällt ihm nicht sonderlich: die Schuhe, das Kleid, der Hut. Für ihren Gang, der sonst so elastisch ist, findet er keine Bezeichnung. Er könnte ihn latschig nennen, aber es ist nicht latschig, es ist etwas anderes. Gäbe es das Wort »ausgetreten« dafür, so würde er es »einen ausgetretenen Gang« nennen, so wie der Gang eines Menschen, der zuviel gehen und dabei immer schwere Lasten tragen muß. Sie geht vor ihm her, und er folgt ihr in einem Meter Abstand, manchmal läuft sie fast, und er bittet sie, doch etwas langsamer zu gehen, worauf sie sich umdreht, ihn etwas verschüchtert, wie es ihm scheint, ansieht und fragt: Gehe ich Ihnen zu schnell? Er sieht auf ihre Augen, die ihm zu stark zurechtgemacht sind und zu ihrem übrigen Aufzug nicht passen wollen und sagt: Etwas.

Eine leichte Verbeugung ist ihre Antwort und gleich darauf geht sie wieder vor ihm her, langsamer, spaziergangähnlich und offensichtlich etwas belustigt über ihn. Er kann sie sich wieder ansehen, ihre Haare, ihren Rücken und ihre Wanderschuhe, in denen die Füße stecken, die fast jede Nacht über ihm hin- und hergehen, und die viel kleiner und zierlicher sein müssen, als die Schuhe zeigen.

Es ist sommerlich warm, Spätnachmittag, der Weg führt zu einer Burg, die sich Blutenburg nennt, ein Lustschloß aus dem fünfzehnten Jahrhundert. Spielende Kinder sitzen in den alten Bäumen, doch der schreiende Lärm stört sie nicht. Er fühlt sich wieder befangen, und sie ist es wahrscheinlich auch. Er weiß nicht mehr genau, wer wen zu diesem Spaziergang eingeladen hat, sie ihn oder er sie. Sie haben sich auf dem Treppenabsatz vor seiner Wohnung getroffen. Nie hätte sie seine Wohnung betreten. Er hat es auch nicht gewagt, sie dazu aufzufordern. Sie hätte es vielleicht als anzüglich empfunden. So trat er aus seiner Wohnungstür, als sie in ihrem Wanderdreß die Treppe herunter kam. Die Begrüßung war wie immer gewesen: leichte Verbeugung ihrerseits und dementsprechend auch seinerseits. Sie waren schlendernd, aber immer im respektvollen Abstand, zum Fluß hinunter gegangen. Es waren belanglose Worte gewesen, die sie dabei gewechselt hatten: über die Tiefgarage, in der sie einmal vor drei Jahren überfallen worden war, einen Vorgang, den er schon kannte und der

lange Zeit das ganze Haus beschäftigt hatte.
Man hatte damals den flüchtenden Mann nicht gefaßt, aber seitdem waren die Sicherheitsvorkehrungen verbessert worden. Es fällt ihm wieder ein, als er jetzt hinter ihr hergeht. Etwas an dem Vorgang ist für ihn unklar. Niemand hatte den Mann gesehen, niemand etwas gehört, und ihr selbst war es nicht möglich gewesen, dessen Aussehen zu beschreiben. Vielleicht war sie an jenem Abend übernervös nach Hause gekommen, Halluzinationen vielleicht oder Gespensterfurcht oder etwas Ähnliches. Er konnte sich so etwas vorstellen. Er hatte ihr nichts von seinen Überlegungen gesagt, sie hätte sie auch sicherlich zurückgewiesen und sich unter Umständen verletzt gefühlt.
Ihre Erzählung war zumindest für sie schrekkenerregend genug. Ein Mann, der aus einer dunklen Ecke der Tiefgarage auf sie zusprang, ihr gellender Schrei, das Zurückweichen des Mannes, der ins Haus gelaufen war, durch den Keller, die Treppe hinauf, eine alltägliche, aber in ihren Augen eine dramatische Geschichte. Trotz Suche im ganzen Haus hatte niemand den Mann gefunden, selbst

die herbeigerufene Polizei nicht. Auf Fragen zur Beschreibung der Person war ihr nichts eingefallen. Ihre Angst, so ihre Antwort damals, sei zu groß gewesen, sie hätte nur schattenhafte Umrisse wahrgenommen. In dem Haus, in dem sie beide wohnten, blieb es eine mysteriöse Geschichte.

Der Weg wird breiter, und sie geht jetzt neben ihm her. Sie wirkt auf ihn nun nicht mehr altjüngferlich wie vorher. Plötzlich ist sie wieder jugendlich, kindlich, wie so häufig. Nur der grüne Hut stört ihn und die Wanderschuhe, die er nun aber nicht mehr sieht. Etwas an ihr, so glaubt er, hat sich wieder verändert. Spielt sie wieder? Spielt sie jetzt die brave, aber leicht fröhliche und zeitweise übermütige Spaziergängerin? Er empfindet es so und versucht, ebenso leicht plaudernd auf sie einzugehen. Merkwürdig, daß er die spazierengehenden Menschen, die aus der entgegengesetzten Richtung kommen, nicht sieht, und auch sie scheint sie nicht zu beachten.

Etwas wie Versponnenheit umgibt sie, eine Versponnenheit, die er zwar spürt, die er aber nicht wahrhaben will. Nichts, auch nicht diese plötzliche und nach seiner Ansicht nur scheinbare Nähe, ist geeignet, die Distanz zwischen ihnen aufzuheben. Möchte sie es? Sucht sie die größere Nähe, die Wärme des anderen? Für einen Augenblick kommt es ihm so vor, aber er gibt diesen Gedanken gleich wieder auf. Zu groß ist die Welt, die sie trennt. Sie spricht von ihren Spaziergängen, sie gehe, sagt sie, fast täglich spazieren: Natürlich nur, wenn ich kann, wenn ich Zeit dazu habe, aber ich gehe immer drüben im Stadtpark, jenseits der Hauptstraße. Kennen Sie ihn?

Nein, er kannte ihn nicht, er ist kein Spaziergänger. Er fragt sie, ob sie immer allein gehe, und sie antwortet: Ja, natürlich, ganz allein, kommen Sie doch mal mit. Da kann man über vieles nachdenken, und ich habe viel zu denken.

Er möchte sie fragen, worüber sie denn so viel zu denken hat, warum und wozu, aber er wagt es nicht. Er könnte etwas ganz Banales sagen: Zuviel denken ist nicht gut oder etwas Ähnliches, es interessiert ihn jedoch, womit sie sich beschäftigt, der Gegenstand ihrer Gedanken, der Anlaß des vielen Denkens. Vielleicht könnte er so etwas mehr über sie erfahren. Er sagt: Woran denken Sie denn immer. Sie studieren wahrscheinlich Ihre Rollen ein.

Jetzt lächelt sie mit einem schrägen, etwas mißtrauischen Blick zu ihm hinüber: Aber nein, die Rollen vergesse ich auf solchen Spaziergängen ganz. Es ist eigentlich das Leben, das mich beschäftigt, die Philosophie des Lebens, der Sinn, den dieses Leben hat. Manchmal denke ich, es hat gar keinen Sinn. Wozu stehe ich auf der Bühne herum, wozu setze ich bald diese, bald jene Maske auf? Nie bin ich es selbst, immer ist es ein anderer, irgendein Mensch, den es gar nicht gegeben hat, erfunden wie so vieles. Und ich? Wo bin ich? Sie können sagen, das ganze Leben ist Theater, alles ist Spiel, ist Darstellung, ist nicht Wirklichkeit. Aber ich bin doch da, ich lebe doch, bin ich selbst, nur ich, kein anderer. Niemand bestätigt mir das. Nur die Welt des Scheins. Dort ist Bestätigung, ja, aber doch für den Schein, nicht für mich selbst. Erfolg, ja, natürlich, das habe ich mehr als genug gehabt, aber kann das allein der Sinn meines Lebens sein? Ich glaube es nicht. Es muß etwas anderes sein.

Er wundert sich, daß sie dies alles sehr schnell, mit fast tonloser Stimme spricht, un-

dramatisch, zum Teil gleichgültig, als wäre ihr das alles selbstverständlich, geläufig. Es hätte auch ein Ausbruch sein können, emotionell, anklagend, aber das ist es nicht, es sind wahrscheinlich Überlegungen, die sie schon lange hat.
Sie geht neben ihm her, ruhig, fast gelassen, etwas schlendernd, wobei sie die Füße bald nach innen, bald nach außen stellt, aus Spaß, weil es ihr Freude macht, so zu gehen. Sie wartet auf keine Antwort von ihm, es ist ihr anscheinend nicht wichtig, was er denkt, trotzdem versucht er, ihr eine Antwort zu geben: das Leben hat keinen Sinn oder der Sinn des Lebens ist das Leben selbst. Es fällt ihm ein, daß es so einen Satz bei Epikur gibt. Er braucht ihn nur auszusprechen, aber es kommt ihm etwas leichtsinnig vor. Es klingt nach abgestandenem Schulwissen. So geht er neben ihr her, schweigt eine Weile und sagt schließlich: Na ja, das ist schon eine Dauerfrage, die Sie da stellen. Wer soll sie schon beantworten? Die Philosophie kann es nicht. Und wir können es schon gar nicht.
Offensichtlich sind seine Sätze das, was sie erwartet hat. Sie lächelt vor sich hin, und es kommt ihm vor, als sei ihr unscheinbares Lä-

cheln ironisch, es ist das Lächeln einer Frau, die viel über etwas nachgedacht hat und sich jede Antwort vorstellen kann.
Natürlich, sagt sie, ist das eine alte Frage, sie ist so alt wie der Mensch. Und niemand hat sie bisher beantwortet. Aber ich meine mich selbst. Verstehen Sie das? Ist da nicht ein Unterschied, der Sinn des eigenen Lebens und der Sinn des Lebens überhaupt?
Natürlich, antwortet er, ist da ein Unterschied, aber so wie Sie den Sinn des Lebens im allgemeinen nicht begreifen, so wenig werden Sie auch den Sinn des eigenen Lebens erfassen, es sei denn, Sie geben ihm selbst einen Sinn, irgendeinen, für den Sie leben können.
Es kommt ihm etwas pastoral vor, was er da sagt, zu wissend, zu besserwisserisch vielleicht, und er gibt sich Mühe, dabei zu lächeln und jedem Wort eine leichte, fast ironische Bedeutung zu geben. Jetzt könnte er den Satz von Epikur anbringen: der Sinn des Lebens ist das Leben selbst. Er spricht ihn aus, ohne lange zu überlegen, er setzt nur das Wort »vielleicht« hinzu: Vielleicht ist der Sinn des Lebens das Leben selbst.
Er sieht dabei auf den Fluß, auf das strömen-

de Wasser, und es fällt ihm ein anderer Satz aus der griechischen Philosophie ein, wenn alles fließt, denkt er, dann ist der Sinn vielleicht das Fließende.
Nein, das Gespräch selbst ist sinnlos, er empfindet es so, wozu es also weiterführen, irgendwie hat sie sich verlaufen und sucht etwas, was sie nie finden wird. Ist ihr Leben so, daß sie jetzt, vor dem Sprung ins Altwerden, nach einer Sinngebung sucht? Warum? Sie muß doch wissen, daß es so etwas nicht gibt, sie wird keinen Sinn finden, wie lange sie sich auch immer damit beschäftigt.
Gern hätte er gewußt, was sie in diesem Augenblick denkt, wohin sich ihre Gedanken verloren haben, denn sie geht neben ihm her, als hätte sie sich längst von dem Gesprächsthema entfernt, als interessiere sie es nicht mehr, nach dem Sinn des Sinn des Lebens zu fragen. Ihr Gesicht wirkt auf ihn verschlossen, abweisend. Vielleicht hat sie ein Wort zu viel gesagt, ist zu weit gegangen mit dem, was sie von sich erzählt hat: ihre einsamen Parkspaziergänge mit ihren Fragen an sich selbst und nach sich selbst. Vielleicht empfindet sie jetzt ihre Sätze, die sie vor wenigen Minuten gesprochen hat, bedauerlich, zu of-

fen ihm gegenüber, zu wenig zurückhaltend. Spricht ihr Gesicht nicht dafür, daß sie diese Zurückhaltung wiedergewinnen möchte, so schnell wie möglich, als hätte sie sich etwas vergeben, als hätte sie ihm ein winziges Stück ihres Wesens gezeigt, das ihn nichts angeht. Fast kommt es ihm so vor, als müsse er sich entschuldigen.

Warum hat er zugehört, warum ist er auf sie eingegangen? Was geht es ihn an, daß sie sich mit Fragen quält, für die es keine Antworten gibt? Quält? Ja, sie quält sich damit, und er kann ihr doch nicht helfen. Seine wenigen Sätze sind überflüssig, er hätte sie nicht sprechen müssen. Ihre Auseinandersetzungen mit sich selbst – und er denkt Auseinandersetzung – sind nicht die seinen, er kennt weder die Anlässe noch die Ursprünge ihrer Gedanken, ihrer Zweifel, ihrer Überlegungen. Nichts davon ist ihm bekannt, und ein wenig fürchtet er sich davor, mehr davon zu erfahren. Seine Neugier, wenn er sie schon hat, geht nicht so weit. Er möchte gern etwas Leichtes, Unverbindliches sagen, irgend etwas, das die entstandene Spannung aufhebt, aber es fällt ihm nichts ein, was geeignet wäre, ihr verschlossenes Gesicht wieder aufzuhellen.

Sie scheint jetzt ganz mit sich selbst beschäftigt zu sein, als sei er gar nicht vorhanden. So gehen sie nebeneinander her, ohne ein Wort miteinander zu wechseln, ein Schweigen, das ihm unangenehm ist, sie aber nicht zu stören scheint. Der Weg vor ihnen ist jetzt offener geworden, nicht mehr von Bäumen begrenzt, nicht mehr einengend. Der Abstand zwischen ihnen ist größer, und sie geht vor sich hin, mit regelmäßigen Schritten, als sei sie auf Wanderschaft, irgendwo durch ein Gebirge, das sie bewältigen muß.
Wieder glaubt er etwas zu spüren, was er nicht annehmen, nicht wahrhaben will: das Altjüngferliche, eine Bezeichnung, die ihm nicht gefällt und die auch nicht auf sie paßt. Er weiß es, aber das Wort geht nicht aus seinem Kopf. Resignation? Er könnte es Resignation nennen, Zweifel an der eigenen Existenz, Irritation dem Leben gegenüber. Alles stimmt und stimmt doch nicht, alles ist zu komplex, als daß er es entwirren könnte. Da ist ihr Alleinsein, ihre Einsamkeit, die er nicht begreifen kann, und da ist das andere: ihre Jugendlichkeit, ihre Naivität, ob gespielt oder nicht, ihre Lebendigkeit – er nennt es Lebendigkeit – ihr oft übersprudelndes Tem-

perament. So sehr er sich auch bemüht, er kann es nicht zusammenbringen. Das eine widerspricht dem anderen. Nichts erscheint ihm harmonisch, ausgeglichen, ein Mensch, eine Frau, ein Leben voller Widersprüche. Wie groß ist der Unterschied zwischen der Frau, die er vor Jahren auf der Bühne gesehen und bewundert hat, und dieser Frau, die da neben ihm hergeht? Ist es eine andere Frau oder ist es dieselbe?
Je mehr er darüber nachdenkt, um so tiefer wird das Schweigen zwischen ihnen, das nun schon ein paar Minuten lang anhält. Doch plötzlich verändert sich wieder alles. Sie läuft ein Stück voraus, und jetzt sieht es für ihn gar nicht mehr wandermäßig aus, nein, graziös, als tanze sie mit ihren schweren Schuhen auf dem Weg vor ihm im Sonnenlicht, das die Bäume am Fluß freigeben.
Nur im ersten Augenblick wirkt es exaltiert auf ihn, aber dann immer anziehender, immer faszinierender. Es ist, als hätte sie sich für diesen Auftritt eine großartige Kulisse ausgesucht: die alten Weiden am Fluß hinter ihr und dann weiter entfernt die Mauern und Türme des Lustschlosses aus dem fünfzehnten Jahrhundert, ein Bühnenbild, wie sie es

nicht besser finden kann. Dies hat sie vielleicht dazu angeregt, eine plötzliche Eingebung, die nichts mit ihm zu tun hat. Er weiß nicht, was sie tanzt, aber es ist, als bewege sie sich nach einer fernen Musik, die nur sie hört, eine Ballettmusik vielleicht, ein Walzer oder irgend etwas. Ihr kleiner, schmaler Körper scheint ihm zu vibrieren, und mit jedem Schritt, den sie tut, sind ihre Arme, ihre Hände, ihr Kopf in immer wechselnder Bewegung. Nichts wirkt auf ihn unbeholfen, nichts erinnert ihn noch an ihren Wanderaufzug. Alles erscheint ihm jetzt gekonnt, vollendet. Jeden Augenblick kann sie sich auf die Spitzen ihrer schweren Schuhe stellen. Doch dann macht sie eine Verbeugung zu den Bäumen hin, als seien diese die Zuschauer, eine tiefe Verbeugung, wie eine Tänzerin, die den Beifall entgegennimmt.

Er erinnert sich. Einmal hat sie von der Ballettschule erzählt, die sie vier Jahre lang besucht hat, bevor sie Schauspielerin wurde. Also tanzt sie noch immer, für sich, allein, etwas somnambul vielleicht und einer Stimmung hingegeben, die er nicht kennt. Alles an ihr wirkt jetzt, so kommt es ihm vor, leicht transzendent, fern von jeder Wirklichkeit.

Er sieht nicht mehr ihren grünen Velourhut, ihr Wanderkleid, das ihm mißfallen hat, ihre niedrigen schweren Schuhe, die sie noch kleiner machen, als sie ihm sonst erscheint. Er sieht in dem Sonnenlicht, das vor ihm auf dem Weg liegt, nur sie, einen schmalen Frauenkörper in tänzerischer Bewegung.

Doch plötzlich bleibt sie stehen, dreht sich zu ihm um, sieht ihn an und lacht, ein wenig verlegen, ein wenig schüchtern. Auch er ist stehen geblieben mitten auf dem Weg und weiß nicht, wie er sich benehmen soll. Er kann ihr irgend etwas zurufen, er kann Beifall klatschen, er kann ihr zunicken und nun seinerseits eine Verbeugung machen. Er tut nichts, sondern sieht sie nur an, und jetzt geschieht, was er nicht erwartet hat. Sie läuft auf ihn zu, schnell, mit offenen Armen, etwas aufgelöst, fröhlich. Es trennen sie nur wenige Schritte, doch als sie dicht vor ihm ist, bleibt sie stehen, läßt die Arme sinken, schweigt einen Augenblick und sagt: Ein schöner Tag, nicht wahr, wunderschön, ich bin ganz glücklich.

Da ist sie wieder, die gläserne Wand. Es ist, als hätte sie jemand vor ihr hochgedreht, sehr schnell, damit sie nicht ausbrechen kann.

Er sagt: Ja, ein schöner Tag, und sie wiederholt es noch einmal, jetzt etwas tonloser, nicht mehr so fröhlich, und gleich darauf gehen sie wieder nebeneinander her, als sei nichts geschehen.

*

Der Biergarten ist nicht groß. Er besitzt zwei kleine Bäume, einen großen Baum, eine mannshohe Hecke, und sein Boden ist mit großkörnigem Kies bestreut. Die Sonne ist bereits untergegangen, und in dem halbhellen Dämmerlicht ist es ihm nicht möglich, die Zeitung zu lesen, die er vor sich auf den Gartentisch gelegt hat.

Der Garten ist nicht weit von dem Haus entfernt, in dem sie beide wohnen, nur ein paar hundert Meter, und manchmal trifft er sie hier, wenn sie zum Essen geht oder vom Essen kommt, und immer ist es bisher nur ein Kopfnicken gewesen, wenn sie ihn begrüßt hat, mehr im Vorübergehen, als hielte sie etwas zurück, sich zu ihm zu setzen. Und er? Hat er sie dazu aufgefordert? Nein, er hat es nie getan. Er weiß nicht, was ihn dazu veranlaßt. Scheu? Es kann Scheu vor ihrer Nähe sein, die er sich doch zugleich wünscht und

die ihm fremd ist. Sein Verhalten kommt ihm seltsam vor. Es ist ihm unbequem, lästig.
Vierzehn Tage sind seit ihrem Spaziergang an dem Fluß vergangen, vierzehn Tage, in denen er sie weder gesehen, noch etwas von ihr gehört hat, auch nicht ihre Schritte über sich. Sie muß verreist sein, wahrscheinlich wieder nach Oberitalien, wo sie sich zu erholen pflegt, von irgendeiner Krankheit, die er nicht kennt, Herzschwäche oder was es sonst sein mag. Einmal, am Ende ihres Spaziergangs, hat sie ihn aufgefordert, doch mitzukommen, es täte ihm sicher gut, das Baden dort in den warmen Quellen, die überwältigende Ruhe dort in den Hotels, man könne viel lesen, es würde vielleicht auch ihm gut tun, sie brauche das hin und wieder, um sich von den Strapazen des Theaterlebens zu erholen.
Sie hatte dabei gelächelt, so, als sei ihr Angebot nur ein Scherz, und als müsse sie diese Einladung hinter einem Scherz gleich wieder verstecken, war vor ihm her getänzelt, ein paar Schritte voraus, hatte sich umgedreht und mit einer leichten Verbeugung gesagt: Es ist natürlich Unsinn. Was sollten Sie dort.

Sich langweilen? Ich glaube, Sie würden sich schrecklich langweilen.
Er erinnert sich nur flüchtig an diese Szene. Es ist ihm nicht einmal genau bewußt, was er geantwortet hat, irgend etwas Belangloses wahrscheinlich, es war ihm nicht einmal klar geworden, daß diese Einladung vielleicht mehr bedeutete, als nur eine Erholungspause in Abano. Ja, sie wären in ihr Auto gestiegen und gemeinsam nach dem Süden gefahren, über die Alpen nach Oberitalien, eine Reise ins Ungewisse, vielleicht an Abano vorbei, irgendwohin. Wollte Sie es? Hatte sie auch nur einen Augenblick lang ernsthaft daran gedacht? Er kann es sich nicht vorstellen. Er ist sicher: Es war nicht mehr als eine momentane Eingebung gewesen, eine Gedankenspielerei, eine Einladung also, die sie sofort wieder in sich selbst versteckt hatte, so, als hätte sie sich etwas vergeben. Was aber wäre gewesen, wenn er spontan ja gesagt hätte: Ja, ich begleite Sie, ich komme mit nach Abano.
Er kann sich ihre Reaktion nicht vorstellen, sicher hätte es sie tief verschreckt. Aus dem freundschaftlichen Spiel wäre plötzlich Ernst geworden, aus der Distanz Nähe, eine Nähe,

die sie wahrscheinlich nicht wollte, und die er nicht suchte. Sie ist also gefahren, allein, in ihrem Alfa Romeo, allein, über die Alpen bis nach Abano. Er kann sie sich vorstellen, so allein, nur in Verbindung mit dem Motor, und immer mit sich selbst beschäftigt, so wie in ihrer Wohnung in den einsamen Nächten, die er kennt.

Mit seinen Gedanken an sie beschäftigt, bemerkt er nicht, daß sie den Garten betreten hat, er sieht sie erst, als sie nicht weit von ihm entfernt auf ihn zukommt, mit dem Gang, der ihm wieder auffällt, etwas nach vorn gebeugt, mit den leicht vorgeschobenen Knien, eilig, mehr hüpfend als gehend und doch wieder schwer, als könnten sich ihre Füße nicht von der Erde lösen, er steht im Widerspruch zu der schwebenden Art vieler ihrer Bühnenauftritte. Einmal auf dem Spaziergang, als er sie darauf angesprochen hatte, war ihr das Wort »Kutschergang« eingefallen: Meine Mutter hat es einen Kutschergang genannt, sie wollte, daß ich wie eine Dame gehe. Auf der Ballettschule habe ich dann das Gehen gelernt. Ich kann es, auf der Bühne und wann immer ich es will, doch dann kommen Augenblicke, wo ich mich

wieder gehenlasse, manchmal, wenn ich mit Ihnen zusammen bin, dann latsche ich und gehe wie es mir angeboren ist. Verstehen Sie das?
Er hatte ihr damals zugenickt und sein Verständnis geäußert, war aber nicht weiter auf die Art ihres Gehens, des Schreitens, des Hüpfens und so fort eingegangen.
Jetzt fällt es ihm wieder auf, Sie kommt direkt auf ihn zu und bleibt wenige Meter von seinem Tisch entfernt stehen, schüchtern, als sei sie in ihre Mädchenjahre zurückgekehrt, als bedauere sie ihren plötzlichen Entschluß.
Darf ich mich zu Ihnen setzen? Sie sagt es leise, fast unbeholfen. Jetzt möchte er lachen, aber sein Lachen mißrät ihm und wirkt ebenfalls unbeholfen. Er steht auf, rückt einen der Gartenstühle zurecht, die an seinem Tisch stehen, und fordert sie mit einer Handbewegung auf, sich zu setzen.
Es scheint ihm, als hätte ihr Gesicht etwas von der inneren Nervosität verloren, die er so oft beobachtet hat. Sie sieht erholt, ausgeruht aus. Er fragt sie nach Abano, und gleich darauf nennt sie ihre Reise dorthin eine Flucht, die Flucht nach Abanon.

Es fällt ihm auf, daß sie Abanon statt Abano sagt. Sie lächelt dabei, als bäte sie um Vergebung für das Wort Flucht. Verständnislos sieht er sie an, er kann das Wort Flucht nicht begreifen, wovor flieht sie denn? Und immer wieder nach Abano.
Doch er fragt nicht, und sie sagt, ohne ihn anzusehen: Flucht ist schon das richtige Wort. Ich muß hier weg, verstehen Sie, weg aus all dem, aus dem ganzen Theater um mich herum, ich muß allein sein, ganz für mich allein, ich brauche die Ruhe, die Stille, ich muß mich ganz mit mir beschäftigen können, sozusagen in mich hinein hören. Müssen Sie das nicht auch, manchmal?
Nein, er weiß keine Antwort. Sie hat das alles leise, selbstverständlich, ohne jede Erregung gesagt, und er möchte sie fragen: Können Sie das nicht hier auch? Sie sind in Ihrer Wohnung doch immer allein. Er hält die Frage zurück, er spricht sie nicht aus, doch sie beginnt sofort wieder zu reden, so als hätte sie seine nicht ausgesprochene Frage von seinem Gesicht gelesen: Nein, in dem Gewohnten, Alltäglichen kann ich das nicht. Dort ist keine Stille. Alles atmet Vergangenheit, ist behaftet mit Erinnerungen, mit Ge-

danken, die man einmal gedacht hat, mit vergangenen Sehnsüchten, mit ehemaligen Träumen, die herumstehen und allmählich verstauben. Empfinden Sie das nicht auch so? Man ist doch nicht frei. Man schleppt seine ganze Vergangenheit mit sich herum. Frei, wirklich frei, fühle ich mich nur in Abanon. Deshalb fahre ich immer wieder dorthin.

Er sieht sie, während sie spricht, immerfort an, selten hat er sie so gesprächig gesehen, etwas, so scheint es ihm, hat sich verändert. Es kommt ihm vor, als sei sie bereit, ihm ihre Gefühls- und Gedankenwelt zu zeigen, wenn auch nur für einen Augenblick, doch er kann es nicht lassen, sie nun doch nach Abano zu fragen: Warum denn immer wieder nach Abano. Das verstehe ich nicht. Wenn Sie dort so häufig hinfahren, immer wieder, dann gibt es doch auch dort Erinnerungen, stehen doch auch dort die Träume, die ehemaligen, eben jene, die Sie dort geträumt haben, herum. Das muß doch so sein?

Ihr Gesicht ist plötzlich wieder verschlossen, als hätte er etwas völlig Falsches, Unmögliches gesagt. Mit einer Handbewegung wehrt sie seine Frage ab: Nein, nein, das ist nicht so, nicht in Abanon. Dort laufen mir meine

Erinnerungen nicht nach, dort sind keine Träume, die ich verscheuchen muß, dort ist es anders. Verstehen Sie das nicht?
Er versteht es nicht, er sagt: Merkwürdig, ausgerechnet in Abanon, und er sagt jetzt ebenfalls Abanon statt Abano, ich kenne es nicht, aber es muß ein Ort sein, in dem die Zeit stillsteht, ein Ort, in dem alle Träume, alle Sehnsüchte eliminiert sind. Ich kann mir das nicht vorstellen. Das gibt es doch nicht.
Sie antwortet ihm nicht unmittelbar, sie sieht auf den Tisch, auf die Zeitung, die dort ungeöffnet liegt, auf das Bierglas, das der Ober unbemerkt auf den Tisch gestellt hat, und für einen Augenblick ist es ihm, als weiche sie seinem Blick und seinen Fragen aus, weil ihr das Gespräch unangenehm ist. Er hat den Eindruck, sie weiß keine Antwort auf seine Fragen nach Abanon.
Doch dann beginnt sie wieder zu sprechen, mit seitwärts gewandtem Kopf, zu den Heckenbüschen hin, die dicht hinter ihnen stehen: Sie können sich das nicht vorstellen, dieses Abanon. Gewiß, Sie waren ja auch nie dort. Aber vielleicht empfinde ich das alles nur so. Diese alten Hotels aus der Jahrhundertwende, sie sind für mich nicht Vergan-

genheit und schon gar nicht Gegenwart, sie sind zeitlos, und so ist es mit allem. Sie werden es vielleicht ganz anders sehen, falls Sie einmal dorthin kommen. Das ist ja auch nicht wichtig. Es kommt nur darauf an, wie ich es erlebe. Und für mich ist es, ja, wie soll ich es sagen: eine Art Fluchtort. Ist das das richtige Wort?
Er nickt ihr zu und bemüht sich, sie zu verstehen: Ja, ja, das ist wohl so, jeder braucht so einen Ort, den er sich mit seiner Phantasie aufbaut, und in dem er sich von sich selbst lösen kann. Vielleicht brauche ich das auch.
Jetzt sieht sie ihn an und spricht nicht mehr vor sich hin, nach irgendwo, als säße er ihr gar nicht gegenüber, und er glaubt in ihren Augen eine zweifelnde Skepsis zu sehen: Nein: Sie brauchen es nicht, bestimmt nicht. Nicht jeder braucht das. Sie schon gar nicht.
Er glaubt, eine leichte Aggressivität in ihrer Stimme zu spüren, etwas wie Ablehnung einem Menschen gegenüber, der sich nicht in ihre innere Situation hineinversetzen kann, der keinen Fluchtort nötig hat. Ihr Abanon ist nicht das seine. Er weiß es. Er würde dort nichts anderes finden als einen alltäglichen Erholungsort für Gicht- oder Rheumakranke

oder auch für andere Krankheiten. Nichts Besonderes wäre ihm dort aufgefallen. Und einen Fluchtort? Nein, er braucht ihn wirklich nicht. Sein Satz »jeder braucht wohl so einen Ort« war allzu leicht hingesprochen, ohne jede Überlegung.

Sie sitzt vor ihm, etwas fröstelnd, wie es ihm scheint, die Hände jetzt im Schoß, als fürchte sie sich vor der Kühle des Abends, vor der Dämmerung, die schnell hereinbricht. Es fällt ihm auf, daß sie ein braunes, dünnes, dicht geblümtes biedermeierliches Kleid trägt, das halblang bis zu den Waden geht. Sie wirkt auf ihn noch kleiner als sonst, verlorener, ganz in sich gekehrt. Er möchte ihr gern etwas Heiteres sagen, etwas, das ihr verschlossenes Gesicht aufhellen könnte. Es fällt ihm nichts ein, und er fragt sich, warum sie sich zu ihm gesetzt hat. Sucht sie die Nähe, die Wärme, den anderen? Nichts deutet darauf hin. Er möchte sie weiter nach Abanon fragen, nach ihrem Alleinsein, ihrer Einsamkeit. Ist sie selbstgewählt, diese Einsamkeit, oder sind es äußere Dinge, Erlebnisse in ihrer Theaterwelt, die sie immer wieder in diese Einsamkeit treiben? Er hat viele Fragen, aber er wagt nicht, sie auszusprechen.

So entsteht ein Schweigen, das er nicht gewollt hat, wohl auch sie nicht will. Sie blickt auf ihre Hände in ihrem Schoß, so als sei die Bewegung ihrer Hände wesentlich, als sagten sie mehr aus, als sie ihm mitteilen kann. Er denkt noch immer an ihren Ausdruck »Fluchtort«. Es gibt nach seiner Ansicht keine Flucht aus der Welt, in der man lebt, aus der Rolle, die einem zugewachsen ist. In der Mitte des Lebens haben sich die Rollen etabliert, sind an einem selbst festgewachsen, man kann sie nicht einfach verlassen, aus ihnen herausspringen, wie sie es sich vielleicht wünscht. Flucht? Wohin? Die Rolle wird einen nie verlassen, auch nicht an einem imaginären Fluchtort. Er möchte ihr gern darüber etwas sagen, über seine eigenen Ansichten, die ihr wahrscheinlich viel zu realistisch sind.

Doch plötzlich blickt sie von ihren Händen auf, sieht ihn an, und er glaubt, etwas wie ein wissendes Lächeln in ihren Augen zu sehen. Sie halten das alles für Unsinn, nicht wahr? Das mit der Flucht und das mit dem Fluchtort. Sie meinen, daß man immer so weitergehen muß in dem täglichen Trott. Erfolg–Mißerfolg, immer dasselbe, ein gan-

zes Leben lang. Änderungen, die eintreten können, sind unwesentlich. Im Grunde spielt man das Spiel zu Ende, muß es zu Ende spielen. Es gibt nach Ihrer Ansicht kein Ausbrechen, keine Flucht. Das denken Sie doch?
Er erwidert ihren lächelnden Blick, überrascht und erstaunt, daß sie seine Gedanken wieder erraten hat, nickt mit dem Kopf, und möchte gern ihre Hände in die seinen nehmen, so nah ist sie ihm in diesem Augenblick, ja, er glaubt, etwas wie Hinneigung zu ihm zu erkennen. Ihr Oberkörper ist ganz nach vorn ihm zugeneigt, ihre Hände liegen auf dem Tisch, ihr Mund ist ein wenig gespitzt, was er noch nie bei ihr gesehen hat, und jetzt lacht sie und sagt: Es ist natürlich alles Unsinn, was ich Ihnen erzählt habe. Abanon bleibt Abanon, nicht mehr und nicht weniger. Ein schöner Ort. Alles andere mache ich selbst daraus. Und die Flucht? Ich nenne es nur so. Ich weiß, wie Sie, daß man aus der Rolle, die einem zugefallen ist, nicht ausbrechen kann. Ich weiß, Sie denken so. Sie haben schon einmal davon gesprochen, nur andeutungsweise, ganz kurz, aber ich habe es behalten. Erinnern Sie sich nicht?
Er erinnert sich nicht. Nein, er hat nie davon

gesprochen. Für einen Augenblick sieht er sie etwas fassungslos an. Kennt sie ihn besser als er glaubt, besser als er sie kennt?
Ja, die Rolle, sagt er und versucht ebenfalls zu lächeln, die meine ich, aber wie kommen Sie darauf, daß ich daran gedacht habe. Ich meine auch, ich habe noch nie davon gesprochen, jedenfalls zu Ihnen.
Doch, doch, erwidert sie, und jetzt lacht sie auf, schüttelt den Kopf und gibt sich fröhlich und ausgelassen: Ich wußte gar nicht, daß Sie so vergeßlich sind. Es ist doch noch nicht lange her, in der Eisdiele, glaube ich, oder war es auf unserem Spaziergang. Damals haben Sie das gesagt, was Sie jetzt eben gedacht haben. Niemals kommt man aus der Rolle wieder raus, die einem zugewachsen ist. Es ist so: die Rolle, die Rolle. Aber ich, wissen Sie, möchte ihr einfach entfliehen, davonlaufen, irgendwohin. Verstehen Sie das nicht?
Natürlich versteht er sie, er bestätigt es mit einem Kopfnicken: Ja, wer möchte das nicht, davonlaufen, jeder möchte das mal. Ich kenne da einen Fall, ein Mann in den mittleren Jahren, der fuhr eines Tages einfach davon und ließ alles im Stich: seine Laufbahn, seinen Beamtenberuf, seine Frau, seine Kin-

der. Nach einigen Monaten kam er aus der Südsee zurück, auch er hatte eingesehen, daß er nicht aus der Rolle springen konnte, er endete, wie es heutzutage nicht anders sein kann, beim Psychiater. Ein Fall, der wohl häufig vorkommt.

Noch während er spricht, bemerkt er, wie falsch sein Beispiel ist, wie wenig dieser Fall mit ihrem Fluchtort und ihrer Flucht zu tun hat, ja, daß sie ihn als zu trivial, fast als eine Zumutung empfindet. Schnell, zu schnell, in Sekunden, hat sie sich wieder in ihre Zurückhaltung geflüchtet. Er möchte sich entschuldigen, irgend etwas sagen, vielleicht, daß dies natürlich ein Alltagsfall sei, aber er sagt es nicht. Ihre Hände liegen immer noch vor ihm auf dem Tisch, jetzt gefaltet, ganz nahe den seinen, er braucht sie nur etwas nach vorn bewegen, seine Hände, und schon könnte er sie auf die ihren legen, eine mehr freundschaftliche Geste mit der nicht ausgesprochenen Bitte um Entschuldigung. Er tut es nicht. Zu sehr ist sie wieder in sich selbst zurückgekehrt.

Ihr Blick ist nicht mehr auf ihn gerichtet. Sie sieht an ihm vorbei, als säße er ihr nicht gegenüber, und flüstert: Ja, ein Alltagsfall. Sie mußten ihn mir nicht erzählen. Ich kenne solche Fälle. Ich kann mit ihnen nichts anfangen.

Es ist ihm, als wische sie mit einer Handbewegung alles fort, was er gesagt hat, ja, sie fährt mit der linken Hand leicht über den Tisch, so, als seien alle Fälle dieser Art ohne jede Bedeutung. Er spürt an ihrer Stimme, daß sie sich nicht für einen Fall hält und es auch nicht sein will. Im Augenblick scheint sie alles zu stören, auch dies, daß sie hier vor ihm sitzt und ihm von ihrem Abanon erzählt hat. Ihr Abanon, er glaubt es jetzt zu wissen, ist eine Fiktion, die sie sich selbst geschaffen hat. Vielleicht gibt es diesen Ort gar nicht, er existiert nur in ihrer Phantasie und lebt von ihrer Vorstellungskraft.

Doch plötzlich verändert sie sich wieder, ja, sie sieht ihn voll an, lacht und gibt sich so kindlich wie häufig, wenn sie von dem einen extremen Gefühl in das andere fällt. Sie lehnt sich nach vorn, fast über den Tisch, und ihr Gesicht kommt dem seinen sehr nahe: Es ist alles Unsinn, was wir hier reden, Abanon gibt es gar nicht. Ich war auch gar nicht in Abanon. Ich war ganz woanders.

Er begreift diesen so plötzlichen Umschwung

nicht, wieso war sie nicht in Abano, warum hat sie ihm davon erzählt? Natürlich will er nicht wissen, wo sie war. Es geht ihn ja nichts an. Aber er kann es nicht lassen, sie zu fragen: Wo waren Sie denn?
Er weiß, diese seine Neugier ist unangebracht, und sie antwortet dementsprechend: Das ist doch gleichgültig, wo ich war, ich war irgendwo im Süden, in einem Ort, den ich Abanon nenne, den es aber gar nicht gibt. Wissen Sie, warum ich ihn so nenne? Nein, Sie wissen es nicht, Sie können es auch nicht wissen. Es ist ein Ort, den ich mir erfunden habe. Und ich nenne ihn einfach Abanon.
Er sieht sie überrascht an, denn Abanon gibt es ja, es heißt nur nicht Abanon, sondern Abano. Er kann es sich genau vorstellen. Entfernte Bekannte von ihm fahren in jedem Jahr dorthin. Er weiß, daß es dort Heilbäder gibt, Hotels, klinisch sauber, kalkweiß, langweilig, von einer penetranten Öde. Dort also fühlt sie sich wohl. Warum aber spricht sie dann von ihrem Abanon, von einem ganz anderen Abanon, das es gar nicht gibt, von einem Phantasiegebilde also, das aber doch als Abano in der realen Welt existiert.
Es kommt ihm vor, als hätten sich ihre Ge-

danken verwirrt, doch sie sitzt vor ihm, die Ellenbogen auf den Tisch gestützt, die Hände jetzt unter dem Kinn und sieht ihn so selbstverständlich an, als sei dies das Einfachste in ihrem Leben, diese ihre sich ständig wiederholende Flucht nach Abanon. Er möchte gern wissen, ob sie dort jemanden kennt, ob und wie sie dort empfangen wird.
Wieder ist es so, als hätte sie seine Gedanken erraten: Ja, wenn ich gerade frei bin, wenn ich kein Engagement habe, dann setze ich mich eines Morgens einfach in mein Auto und fahre los, über die Alpen nach Italien hinunter. Ich fahre schnell, es macht mir Spaß, und je weiter ich mich von hier entferne, um so mehr versinkt das alles hinter mir, bis es nur noch schemenhafte Gebilde sind, meine Wohnung, das Theater, das Leben der ständigen Wiederholungen, der Aufregungen, der kleinen und der großen Eitelkeiten, alles, was mich stört, ich meine die Außenwelt, mit der ich mich täglich auseinandersetzen muß, und die mir so wenig bedeutet.
Sie stockt und sieht ihn etwas irritiert an, als hätte sie zuviel gesagt. In ihren Augen ist etwas, so meint er, was er noch nie gesehen

hat: Schatten von flackernden Irrlichtern und gleichzeitig die Bitte um Entschuldigung, daß sie vielleicht zuviel redet, zuviel sagt von dem, was er unter Umständen gar nicht wissen will. Er möchte ihr gern ein Zeichen geben, daß er sie versteht oder sich bemüht, sie zu verstehen, aber er wagt es nicht. Sie schüttelt sich ein wenig, vielleicht weil ein sommerlich kühler Abendwind durch die Kronen der Bäume geht.

Der Ober kommt und stellt ihr Essen auf den Tisch, und sie sagt, ohne zu dem Ober aufzusehen: Danke, Gottfried. Es klingt sehr vertraulich, und gleich darauf lacht sie: Wissen Sie eigentlich, wie man den Ober nennt?

Nein, er weiß es nicht, und sie sagt: Er heißt der fleißige Gottfried, ein schöner Name, nicht wahr? Gottfried der Fleißige.

Nun lacht auch er, während der fleißige Gottfried, schmal, flink, geschmeidig, die Augen gleichzeitig auf alle Tische gerichtet, nach innen in das Bierlokal hüpft.

Es scheint, als sei das Gespräch über Abano nun endgültig beendet. Beide essen schweigend, und sie schiebt ihren Teller schon beiseite, kaum daß sie begonnen hat. Sie hat keinen Appetit, sie ist immer noch halb in

Italien. Er sieht auf ihre unbekleideten Unterarme, auf ihre Hände, sie sind von einem dunklen Braun, sie muß, denkt er, viel in der Sonne gelegen haben, und plötzlich, ohne Übergang beginnt sie wieder von ihrem Abanon zu reden: Sie denken vielleicht, es erwartet mich dort jemand. Wahrscheinlich denken Sie es. Aber es ist nicht so. Es erwartet mich dort niemand. Ich fahre ja dorthin, weil mich niemand erwartet, keine Bühne, keine Schauspieler, nichts, gar nichts. Nur die Domestiken kennen mich. Darf man noch Domestiken sagen? Ich glaube nicht, aber ich nenne sie mal so. Es ist ein schönes Wort. Sie tragen mich auf den Händen. Nicht, weil ich eine berühmte Schauspielerin bin. Nein, das wissen sie wohl gar nicht, sondern, weil sie mich lieben, einfach lieben, ohne jeden Anspruch. Verstehen Sie das?
Ja, er versteht es, er nickt ihr zu und hebt sein Glas, um ihr zuzutrinken. Ihre Flucht nach Abanon ist, jetzt glaubt er es zu wissen, nichts anderes als eine Flucht weg von der Gleichgültigkeit, der Uninteressiertheit, der nicht vorhandenen menschlichen Wärme ihrer Umwelt, ihres Lebens, hin zu der Zuneigung, Liebe und Wärme der Domestiken,

wie sie sie nennt. Es ist trotzdem für ihn ein Verwirrspiel. Wie will sie denn durch die Zuneigung von Zimmermädchen, Kellnern, Hausdienern oder was sonst die fehlende Liebe ersetzen? Er kann nur das eine verstehen, die Flucht aus der Gleichgültigkeit, nicht das andere, aber er sagt, fast gegen seinen Willen: Ich begreife es.

Doch sie erwidert zugleich, ohne ihm Zeit zu einer weiteren Frage zu lassen: Nein, nein, Sie verstehen mich nicht ganz. Die Zuneigung all der Leute, die mich dort auf den Händen tragen, ist ganz unpersönlich, ohne jede Verpflichtung, sie verlangt nichts von mir, fordert nichts, sie ist einfach da. Dadurch entsteht mein Fluchtort, eine abgeschlossene ganz andere Welt, eine Art Zauberberg. Alles andere versinkt, ist weit weg. Nie versuche ich dort, Kontakte mit anderen Menschen aufzunehmen. Sie sind mir gleichgültig, ich sehe sie gar nicht.

Er hört ihr zu, ohne sie zu unterbrechen. Sie kommt ihm gesprächiger vor als sonst, fast exaltiert. Warum versucht sie ihm zu erklären, was sie immer wieder nach Abanon treibt, in ihr Abanon. Gewiß, er hat sie gefragt, aber was ihn jetzt interessiert, ist etwas

anderes, die mangelnde Liebe ihrer Umwelt, hat sie nicht genug Bewunderer, nicht genug Verehrer, steht sie nicht immer wieder im Rampenlicht, umgeben von Kollegen, von Freunden. Es fallen ihm wieder ihre Schritte in der Nacht ein, dieses einsame Hin- und Herlaufen, dieses Alleinsein. Er möchte sie nach der Gleichgültigkeit, nach der Uninteressiertheit ihrer Umwelt fragen, warum sie sich dem ausgesetzt fühlt, und woran nach ihrer Ansicht diese Gleichgültigkeit liegt. Er fragt es nicht. Statt dessen spricht er vom Streß: Ja, ja, der Streß unserer Zeit. Das ist es doch, was auch Sie belastet?
Sofort verändert sich wieder ihr Gesicht, gewinnt wieder die alte Zurückhaltung, ein falscher Satz, er spürt es sofort. Ihre Ablehnung ist sichtbar. Sie schließt die Augen und öffnet sie wieder, ja, sie lächelt, und ihr fast verstecktes Lächeln gilt seinem Satz: Nein, nicht Streß, darunter leide ich nicht. Ich spiele gern, ich stehe sehr gern auf der Bühne. Nichts ist mir dort zuviel, jede Rolle ist mir ein Vergnügen. Natürlich Arbeit, viel Arbeit. Aber auch das ist es nicht, auch nicht die Auseinandersetzungen mit den Kollegen, der Neid, die Mißgunst, das alles kenne ich ja

von Jugend auf. Es stört mich nicht. Nein, da ist das andere.
Jetzt stockt sie wieder, als könne sie ihm nicht etwas Unmögliches offenbaren, etwas, was nur sie angeht, nur ihr allein gehört. Er sieht gespannt in ihr Gesicht, auf ihren Mund. Nein, sie spricht nicht weiter, nur ihre Hände flattern etwas nervös über den Tisch. Es scheint ihm so, als flatterten sie, aber er sieht zugleich auch, daß sie ganz ruhig vor ihm liegen, ineinander gefaltet. Nur etwas Nervöses, Übernervöses, geht von ihnen aus. Er sagt, sehr leise, fast uninteressiert: Und was ist das andere?
Sie richtet sich aus ihrer versunkenen Haltung auf, lehnt den Kopf zurück und sieht ihn mit weit geöffneten Augen an: Warum fragen Sie. Sie wissen es doch wahrscheinlich selbst. Oder wissen Sie es nicht? Ja, vielleicht wissen Sie es nicht, spüren es nicht. Sie sind ein anderer Mensch, Ihnen ist die Gleichgültigkeit der anderen gleichgültig. Ich kann es mir vorstellen. Es interessiert Sie gar nicht. Aber ich spüre sie, die Gleichgültigkeit. Wen interessiert es schon, wie man lebt, worunter man leidet. Wer hat noch ein Mitgefühl, wer empfindet noch wirkliche Teilnahme,

Freundschaft? Das gibt es doch gar nicht mehr. Es sind leere Worte geworden, die nichts besagen. Sehen Sie es nicht auch so?
Er läßt ihre Frage unbeantwortet. Nein, er kann es nicht so sehen. Alles erscheint ihm übertrieben, verzerrt, natürlich weiß auch er, daß die moderne Gesellschaft menschliche Passivität erzeugt, aber er kann es sich bei ihr nicht vorstellen. Er sucht nach Argumenten, die stichhaltig sind, um sie zu überzeugen, findet aber keines und sagt schließlich: Nun ja, es liegt wohl auch an einem selbst. Es ist, darf ich es so sagen, eine sehr subjektive Angelegenheit. Wir müssen uns umstellen auf eine andere Zeit, andere zwischenmenschliche Beziehungen, für die wir keine Vorbilder haben. Ich möchte es so grob sagen, wie es ist. Wenn man sich verkriecht, kann man nicht erwarten, daß andere einen aufsuchen. Dann bleibt man allein. Jede Initiative muß von einem selbst ausgehen, man kann nicht nur Empfänger sein, nein, man muß beides gleichzeitig sein, Sender und Empfänger, und vielleicht in dieser Zeit mehr Sender als Empfänger.
Er ist froh über diesen Einfall, mehr Sender als Empfänger, und möchte gern ein wenig

lachen, aber er wagt es nicht, denn sie sieht ihn so ernst an, als hätte er etwas Ungeheuerliches gesagt, oder vielleicht eine Banalität, die sie ihm nicht zugetraut hat. In ihren jetzt ganz dunklen Augen ist etwas wie Irritation, für einen Moment, für ein paar flüchtige Sekunden, aber dann lächelt sie, und es ist ein Lächeln, das er nicht erwartet hat, und das ihn nun seinerseits irritiert. Sie lächelt mit den Mundwinkeln, nicht ironisch, nicht ablehnend, so, als sei ihre Bekanntschaft schon Jahre alt, und dann öffnet sie den Mund, indem sie wieder an ihm vorbei in die Buschhecke sieht: Unsinn, es ist Unsinn, was Sie da sagen. Wir könnten darüber lachen, wenn Sie über sich selbst lachen können. Und Sie können es bestimmt. Stellen Sie sich vor, jeder wäre mehr Sender als Empfänger, was das gäbe? In der Rundfunksprache nennt man es, ich glaube, man nennt es so, einen Wellensalat, ein wüstes Durcheinander. Das Wort Wellensalat macht ihr offensichtlich Freude, denn jetzt lacht sie wirklich und sagt: Nein, das ist zu komisch. Wenn man sich das vorstellt, jeder sein eigener Sender.
Er fühlt sich nicht bedrückt durch ihr Lachen, es stört ihn nicht, daß sie seine Ansichten für

Unsinn hält, er lacht nun auch und sagt: Natürlich haben Sie recht, es ist Unsinn, das kann es ja nicht geben, und das gibt es auch nicht. Aber ich fand kein Argument gegen Sie und dann, ich wollte Sie nur ein wenig aus Ihrer Resignation reißen.
Er fühlt sich nicht ganz wohl bei diesem Satz, er ist etwas verlogen, nur zur Hälfte wahr, es war leichtsinnig, das mit den Sendern auszusprechen, er glaubt ja selbst nicht daran. Wollte er sie wirklich nur aus ihrer Resignation reißen, er weiß es nicht, aber er sagt: Und Sie resignieren doch. Jetzt kommt ihre Antwort schnell, anscheinend ohne lange Überlegung: Nein, ich resigniere nicht. Da irren Sie sich. Resignation ist etwas, was mir nicht liegt. Es ist etwas anderes, was ich meine. Verlorensein in einer Welt der Gleichgültigkeit ist nicht Resignation. Resignation wäre, wenn ich an allem zweifeln würde, an meinem Können, an meiner Begabung, an meinen Leistungen. Nein, das tue ich nicht. Wenn ich nach Abanon fahre, treibt mich vielleicht die Verzweiflung an der Welt, an dieser Welt. Kennen Sie das nicht?
Er nimmt diese Sätze ohne Gegenrede auf. Sie kommen aus ihrem Mund über den Tisch

auf ihn zu, allzu leichtfüßig, wie es ihm scheint, zu vordergründig, sie besagen nicht viel. Jeder kann an der Welt verzweifeln und jeder tut es wohl zeitweilig, Verzweiflung an der Welt, am Leben, an der Vergänglichkeit. Er selbst nimmt sich da nicht aus. Aber das kann es nicht sein, was sie bewegt, nicht die Ursache ihrer Flucht, ihrer Einsamkeit, ihres Alleinseins. Es ist zu oberflächlich, nur Vordergrund, nur Fassade, hinter der sich etwas anderes verbergen muß. Liebe, mangelnde Liebe? Nur das kann es sein. Sie hat es vorhin angedeutet, nur halb ausgesprochen, auch das ins Allgemeine, Unverbindliche transponiert. Sie muß oft verletzt worden sein in ihren Erlebnissen mit dem anderen Geschlecht. Vielleicht war immer die Wand da, die er kennt, und die nach seiner Ansicht niemand überspringen kann. Er stellt sich die Männer vor, die sie gekannt hat, egozentrische, selbstbewußte, schnellebende Männer, die ihr nicht gerecht wurden, nicht gerecht werden konnten. Längere oder kürzere, immer flüchtige Bekanntschaften, in denen sich ihr eigentliches Wesen nicht entfalten konnte, vergängliche Leidenschaften, in denen die Liebe, die sie suchte, unterging.

Und plötzlich sieht er sie, so wie sie da vor ihm sitzt, klein, schmal, zierlich, fast könnte er ihre Erscheinung als astral bezeichnen, nichts an ihr ist sinnlich, erdnah. Ihre Ausstrahlung ist eine nicht irdische, schwebende, ja, sie besitzt etwas, was fasziniert und gleichzeitig befremdet. Er möchte sie über Männer fragen, nicht über die Männer ihrer Vergangenheit, sondern zu ihrer Haltung gegenüber dem anderen Geschlecht. Vielleicht besteht hier mehr Ablehnung, als er vermutet. Haß unter Umständen, entstanden aus mißratenen Jugenderlebnissen oder in ihrer verspielten und nach seiner Ansicht vordergründigen Theaterwelt. Aber er findet keinen Ansatzpunkt für ein solches Gespräch, mehr denn je fühlt er sich unsicher ihr gegenüber, etwas hilflos mit seinen Gedanken. So wie sie jetzt vor ihm sitzt, scheint sie ihm kaum ansprechbar, ist sie wieder ganz in sich versunken, fern von ihm und, so kommt es ihm vor, fern auch von jeder Realität.
Er sieht, sie hat die Hände wieder im Schoß und fröstelt ein wenig in der sich ausbreitenden Nacht. Sie schweigt vor sich hin, ohne aufzublicken, als sei sie noch ganz in dem vergangenen Gespräch versunken. Er sagt: Es

wird kühl, nicht wahr, und sie antwortet: Ja, sehr kühl, ich meine, wir sollten gehen. Entschuldigen Sie, daß ich Sie so lange aufgehalten habe.

Nein, um Gottes willen, Sie haben mich doch nicht aufgehalten, sagt er, und sie sieht ihn an, lächelt ein wenig und erwidert: Sie werden immer so antworten. Es ist Ihre Art von Höflichkeit, Sie sind immer freundlich zu mir.

Jetzt hätte er in seiner Verwunderung ein »Warum« erwartet, aber sie spricht es nicht aus, sondern dreht sich um und winkt den fleißigen Gottfried heran, der durch die Gartentische eilt, hier ein letztes Geschirr abräumt und dort ein paar Decken zusammenlegt. Sie spricht ihn mit Gottfried an, und der flinke, leichtfüßige Gottfried behandelt sie ebenso. Es klingt nach jahrelanger Vertrautheit. Seine leichten Verbeugungen sind freundschaftlich, jovial. Er fragt nach Abano. Wie war es denn in Abano? Sie waren doch wieder dort.

Sie gibt sich sehr liebenswürdig, korrekt: Ja, es war schön, wie immer. Jetzt scheint sie wieder ganz sie selbst zu sein, beherrscht, ein wenig unnahbar. Als Gottfried geht, sieht sie

ihm nach und sagt: Er ist sehr nett. Finden Sie nicht auch?
Er nickt ihr zu, ist aber zugleich erstaunt über ihre Vertrautheit mit Gottfried, der ihm selbst völlig gleichgültig ist. Er bedeutet ihm nichts, ihr aber scheint er etwas zu bedeuten, vielleicht, denkt er, hängt es mit ihrer Zuneigung zu ihren sogenannten Domestiken in ihrem Abanon zusammen, die sie lieben, ohne etwas von ihr zu fordern, ohne jedes Verlangen. Sie ist eine andere, wenn sie mit Gottfried spricht, ganz anders, als sie sich ihm gegenüber gibt, selbstsicher, gelassen, selbstverständlich, und ihre Freundlichkeit scheint faszinierend auf andere zu wirken. Es ist ihm schon in der Eisdiele aufgefallen, ihre kurzen Gespräche in Italienisch mit der Bedienung, aber erst jetzt wird er sich dessen bewußt.
Beklagt sie sich nicht über ihre Umwelt, die sie bedrängt, verstört, und immer wieder auf Fluchtgedanken bringt, während sie hier ihre Umwelt so souverän und spielend beherrscht? Es müssen zwei verschiedene Dinge sein, die sie bewegen, das eine, die Umwelt des Alltags, die sie beherrscht, und das andere? Aber was ist das andere? Er versucht,

es sich zu erklären, findet keine exakte Erklärung, und kommt wieder auf die mangelnde Liebe zurück, doch jetzt erhebt sie sich und sagt: Es ist Zeit. Kommen Sie mit? Sie geht neben ihm her, aus dem Biergarten hinaus, und sie kommt ihm wieder sehr klein vor, kleiner als sonst, verloren, unsicher, wie zu Beginn des Abends. Ganz unvermittelt, ohne Anlaß, sagt sie: Vergessen Sie das mit Abanon. Es war nur ein Scherz von mir. Es heißt natürlich Abano und ist wirklich nicht mehr als ein Heilbad, so wie Sie es sehen. Diese Bemerkung überrascht ihn, er hat sie nicht erwartet. Warum sagt sie das? Abanon ist nur Abano. Will sie das, was sie vorhin gesagt hat, zurücknehmen, ist es ihr unangenehm, hat sie sich selbst gegenüber zu viel gesagt? Er findet keine Antwort und geht neben ihr her, über die Straße, auf das Haus zu, in dem sie beide wohnen, schweigend. Er möchte seinen Arm unter den ihren schieben, eine Vertraulichkeit, die ihm selbstverständlich erscheint, aber er tut es nicht. Etwas hält ihn zurück, was er sich nicht erklären kann. Sie gehen die Treppe hinauf, und sie verabschiedet sich vor seiner Wohnungstür, wieder mit der leichten Verbeugung, die er schon kennt, und diesmal mit einem leicht angedeuteten Hofknicks, als sei er der König, der sie verabschiedet: Schlafen Sie gut und lassen Sie sich durch mein Hin- und Herlaufen nicht stören. Ich werde mir Mühe geben, leise zu sein.

*

Er hört wieder ihre Schritte über sich. Es ist seit ihrer Begegnung im Biergarten fast eine Woche vergangen. Nur einmal hat er sie noch gesehen, mehr aus der Ferne als aus der Nähe. Er denkt ungern daran zurück. Er war ihr ausgewichen und kann sich nicht erklären, warum er es getan hat. Etwas hatte ihn veranlaßt, ihr nicht zu begegnen, aber er weiß die eigentliche Ursache nicht: Zurückhaltung, Verlegenheit, Angst vor einer allzugroßen Nähe? Er weiß es nicht.
Es liegt nur drei Tage zurück, aber er wird den Vorgang nicht los. Er sieht ihn vor sich wie in einem Film. Immer wieder steht er in dem Kaufmannsladen in der Straße, in der ihr Haus liegt. Er kauft ein, wie oft am Vormittag. Draußen ist ein heißer Spätsommertag. Da sieht er sie vorbeigehen, nur flüchtig, nur ihr Haar, nur einen Teil ihres Kopfes,

aber er weiß sofort, daß sie es ist. Er würde sie immer erkennen, auch aus großer Entfernung, die Art ihrer Bewegungen, ihren Gang, niemand setzt, so glaubt er, die Füße so wie sie. Alles ist für ihn unverwechselbar.
Er läßt sich Zeit beim Einkaufen, mehr Zeit als sonst. Nein, er will ihr nicht begegnen, nicht jetzt, und er versucht nicht, sich zu erklären, warum es so ist. Etwas hält ihn zurück, das auch er nicht begreift. Er zögert alles hinaus, an der Kasse läßt er anderen den Vortritt, nur um mehr Zeit vergehen zu lassen, so viel Zeit, daß sie längst wieder in ihrer Wohnung sein muß. Endlich verläßt er den Laden, die Einkaufstüte in der rechten Hand. Wieder läßt er sich Zeit, er bummelt die Straße hinunter an der Telefonzelle vorbei, die vor dem Laden steht, und plötzlich sieht er sie, nur hundert Meter entfernt. Sie steht zwischen den auf beiden Seiten der Straße parkenden Autos, mitten auf dem Damm und liest Briefe, die sie offensichtlich von dem vorbeifahrenden Postboten gerade bekommen hat.
Er erschrickt, er will nicht mit ihr sprechen, nicht jetzt, nicht in diesem Augenblick. Er

spürt, sie wartet auf ihn, sie muß ihn in dem Laden gesehen haben, so wie er sie gesehen hat. Die Lektüre ihrer Briefe scheint ihm nur ein Vorwand. Er zögert und weiß nicht, was er tun soll. Geht er nur ein paar Schritte weiter, muß er sie begrüßen, muß er mit ihr reden, muß Worte finden, Worte vielleicht der Verlegenheit, oder alltägliche Worte, die ihm schwerfallen, Fragen nach ihrem Wohlbefinden, nach ihrem Schlaf, nach ihrer Gesundheit, alberne, alltägliche Phrasen, die jeder gebraucht. Nein, sie sieht von ihren Briefen nicht auf, sie tut, als sei sie ganz in sich versunken, nur mit ihrer Lektüre beschäftigt.
Und plötzlich, ohne Überlegung, ganz so, als sei es nur eine spontane Reaktion, dreht er sich um und geht zurück. Er hat nur wenige Schritte bis zu einer Seitenstraße, dort biegt er ein, ohne einen Blick zurückzuwerfen. Jetzt kann sie ihn nicht mehr sehen, wenn sie von ihrer Brieflektüre aufblickt, dort fühlt er sich geborgen. Er geht die Seitenstraße ganz hinunter, ohne sich umzublicken, und kommt sich dabei sehr albern und kindisch vor. Er begreift sich selbst nicht, seine unmotivierte Reaktion. Seine Erklärungen, die er sich zu geben versucht, sind alle haltlos.

Er geht bis zum Ende der Seitenstraße, dann zwischen ein paar Häusern rechts und links hindurch bis zu einem Kanal, der von Birken umstanden ist, und dessen Wasser träge westwärts fließt. Auf der Brücke bleibt er stehen, lehnt sich über das Geländer und sieht in das ihn widerspiegelnde Wasser hinein. Es gibt keine Begründung für seine so plötzliche und spontane Reaktion. Sie widerspricht völlig seinem sonstigen Verhalten Frauen gegenüber. Alle Ursachen müssen bei ihr liegen. Flößt sie ihm Angst ein, Angst vor der allzu großen Nähe, der er dann nicht mehr entrinnen kann? Er weiß zugleich, daß es nicht Angst ist, es ist das falsche Wort, er müßte ein anderes finden. Aber er findet keines, es gibt kein Wort dafür. Es ist etwas Fremdes, Befremdendes, das von ihr ausgeht, bei gleichzeitig großer Anziehungskraft. Er kann es sich nicht erklären. Sie hat mit Sicherheit auf ihn gewartet, und vielleicht wollte sie ihm etwas sagen, was nun unwiederbringlich verloren ist. Für einen Augenblick bedauert er es, sein Verhalten war falsch, er weiß es, aber er kann es nicht mehr rückgängig machen.

Er geht den Weg zurück, den er gekommen

ist, über den Sandweg in die Seitenstraße und dann in die Hauptstraße. Es kommt ihm vor, als setze er Schritt für Schritt, nur um nicht schneller dorthin zu kommen, wo sie gestanden hat. Nein, sie ist nicht mehr dort, die Straße ist leer, sonnenbeschienen, ein wenig öde, und die dicht an dicht parkenden Autos sehen aus, als hätte sie jemand für alle Zeit hier stehenlassen. Alles erscheint ihm leer, verlassen, das Haus, die Treppe, und erst als sich seine Wohnungstür hinter ihm schließt, ist alles wieder Gegenwart und wird die Begegnung, die keine war, so nebensächlich, als wäre sie nie gewesen. Es liegt drei Tage zurück, er hat es vergessen, verdrängen wollen, aber alles ist wiedergekommen und findet sich vor seinen geschlossenen Augen zusammen zu schmerzhaft wirkenden Bildern. Sie bedrücken ihn. Er kann sich nicht erinnern, sich je so falsch, so unkontrolliert, so unbeholfen dumm benommen zu haben.

Und während er dies empfindet, hört er ihren Schritten über sich zu. Sie sind ihm so vertraut, als hätte er sie immer, sein ganzes Leben lang, gehört. Er kann ohne Mühe unterscheiden, ob sie Schuhe, Bambuschen oder sonst etwas an hat, oder ob sie mit nackten Füßen hin und her geht wie meistens. Jeder Schritt scheint ihm anders zu sein, jedesmal, so kommt es ihm vor, setzt sie die Füße anders auf, einmal von den Zehenspitzen zum Ballen hin, einmal umgekehrt vom Ballen zu den Zehenspitzen, einmal ganz leise, dann wieder stärker, einmal verhuscht, als berühre sie gar nicht den Boden, und dann wieder so kräftig, als stampfe sie auf. Er weiß nicht, ob sie dort oben tanzt, für sich allein, einsam und ganz den Bewegungen hingegeben, die für sie ins Unbewußte, Irrationale, vielleicht und in die Welt von Träumen führen, die er nicht kennt.

Er liegt auf dem Rücken, ist lange halbwach, bis die Schritte über ihm allmählich leiser und leiser werden und dann ganz verstummen.

*

Der Sommer ist fast zu Ende. Bald, er weiß es, muß sie auf Tournee gehen. Er wird sie lange nicht sehen, zwei oder drei Monate lang, ihre Schritte in der Nacht nicht mehr hören, ihr nicht mehr begegnen. Er gibt sich keine Rechenschaft darüber, ob er sie ver-

missen wird oder nicht. Vielleicht ist ihm ihre Abwesenheit viel gleichgültiger, als er sich eingesteht.
Vor zwei Tagen hat er ihr ein Buch durch die Hausverwalterin in ihre Wohnung hinaufgeschickt. Es war eine plötzliche Eingebung gewesen, er hatte ihr eine kleine Freude machen wollen, ein unwesentliches Geschenk, nicht mehr. Er weiß selbst nicht, warum er es getan hat, aber sie kann es nicht mißverstehen, zu groß ist die Distanz zwischen ihnen. Am Abend geht er hinunter in die Tiefgarage, er hat sich schon etwas verspätet und muß sich beeilen, um zu einer Verabredung in der Stadt noch rechtzeitig einzutreffen. Während er sich an seinem Wagen zu schaffen macht, fährt ein anderes Auto von der Straße her in die Tiefgarage. Es ist ihr Alfa Romeo. Er erschrickt für einen Augenblick, nein, es ist ihm nicht recht, sie gerade jetzt zu treffen. Er sieht sie durch die Vorderscheibe hinter dem Steuer sitzen, niedrig, ganz niedrig, er sieht ihren Haaransatz, ihre Stirn, nicht mehr, nicht ihre Augen. Sie stoppt ihren Wagen mitten in der Garage, unmittelbar vor ihm, sie fährt nicht in ihre Box, und es bleibt ihm nichts anderes übrig, als auf

ihren Wagen zuzugehen, um sie zu begrüßen. Sie öffnet die Autotür und springt so fröhlich, so kindlich, so voller Freude heraus, als hätte sie auf dieses Treffen gewartet, ja, als sei sie glücklich, ihn wieder zu sehen. Sie kommt ihm ganz anders vor als sonst, ganz impulsiv, etwas aufgedreht, so ähnlich, wie er sie an jenem Abend in dem italienischen Restaurant mit dem rothaarigen Mann gesehen hat, nur ihr Gesicht ist nicht aufgelöst wie damals, nur ihre Augen sind nicht hektisch, sondern strahlen ein wenig, als hätte sie eine besondere Freude erlebt.

Er weiß nicht recht, wie er sich ihr gegenüber verhalten soll, aber er lacht und sagt: Das ist aber nett, Sie hier zu treffen. Wie geht es Ihnen?

Sie antwortet nicht gleich, sie streckt ihm beide Hände entgegen, und in seinem Erstaunen über diese Geste, ergreift er nur die eine, drückt sie ein wenig und gibt sich, als sei auch er voller Freude. Sie sieht ihm in die Augen, er glaubt eine Spur von Dankbarkeit in den ihren zu erblicken, was er sich nicht erklären kann, und plötzlich erscheint ihm alles ganz offen zwischen ihnen, heiter, fröhlich, ohne jede Belastung.

Ich bin Ihnen sehr dankbar, daß Sie an mich gedacht haben. Sie sagt es, ohne ihn mit ihren Augen loszulassen. Er weiß nicht, was sie meint, er begreift nicht, wofür sie ihm so dankbar ist, nur dafür, daß er an sie gedacht hat. Gewiß, er hat an sie gedacht, doch hat er eigentlich nur über sie nachgedacht, über ihre Existenz, über ihr für ihn seltsames Leben, über ihre ständige Flucht vor sich selbst, und er sagt etwas in diesem Augenblick vielleicht ganz Unangebrachtes, er sagt: Aber dafür müssen Sie mir doch nicht dankbar sein, und sie antwortet: O doch, doch, Sie haben mir ja das Buch geschickt und mit dem Buch einen Gruß, und da haben Sie doch an mich gedacht. Darüber habe ich mich gefreut.
Er steht ihr gegenüber, etwas verdutzt über ihre Dankbarkeit, etwas unbeholfen, und weiß nicht, was er sagen soll, einen Augenblick der Verlegenheit auf seiner Seite. Sie läßt sich nicht beirren. Sie wirkt auf ihn wie eine Stahlfeder, ganz voller Energie, voller Elastizität, ein Mensch, der übersprudelt, der unbedingt reden muß, sie sagt, ohne eine Entgegnung von ihm abzuwarten: Nein, das war wirklich nett von Ihnen, es kam ganz überraschend für mich.

Wieder sucht er nach Worten, er möchte den Vorgang gern herunterspielen, ihn so verkleinern, daß er wieder die Bedeutung bekommt, die er wirklich hat: Eine Aufmerksamkeit, nichts weiter. Er sagt: Aber das war doch selbstverständlich. Ich wollte Ihnen nur eine Freude machen, eine kleine Freude.

Es sind, er spürt es, die richtigen und doch die falschen Worte, sie erwartet vielleicht etwas anderes, mehr als nur dies, aber er darf, er weiß es, keinen Schritt weitergehen, sie würde zurückzucken, sich wieder verschließen, auch, wenn sie sich eine andere Entgegnung wünscht. Und plötzlich sagt sie etwas ganz anderes: Ich habe Theaterkarten für Donnerstag nächster Woche. Haben Sie nicht Lust mitzukommen, im Zimmertheater, es ist eine Uraufführung. Ich kenne das Stück nicht, aber es interessiert mich. Vielleicht interessiert es Sie auch?

Ihre Einladung überrascht ihn. Er hat sie nicht erwartet. Etwas verlegen wiederholt er: Am Donnerstag, am Donnerstag, als müsse er sich überlegen, ob er an diesem Abend Zeit hat. Nein, er will eigentlich nicht mit ihr ins Theater gehen. Sie hat schon einmal eine solche Andeutung gemacht, eine angedeutete Einladung, die er nicht ernst genommen und einfach übergangen hat. Jetzt kann er nicht wieder ausweichen.

Ich will mal sehen, wie es mit meiner Zeit ist. Ich rufe Sie an, wenn es Ihnen recht ist.

Er sagt es leicht hin, als wäre ihre Einladung nichts Besonderes, etwas Alltägliches, über das sich reden läßt. Ihre Augen verändern sich wieder, er glaubt, etwas wie Furcht vor sich selbst in ihnen zu sehen, Angst vor ihrem eigenen Überschwang. In Sekundenschnelle scheint sie wieder das zu werden, was sie immer ihm gegenüber war. Das Alleinsein ist wieder da, die Einsamkeit, das Verlorensein, er sagt: Entschuldigen Sie bitte, ich habe es eilig, wahrscheinlich habe ich schon meine Verabredung versäumt. Verzeihen Sie mir bitte. Ich muß gehen. Sie gibt ihm die Hand, die ihm jetzt ein wenig schlaff vorkommt, weich, fast ohne Leben, und klettert in ihren Wagen, ohne ihn aufzufordern, sie anzurufen. Sie sagt aus dem heruntergedrehten Wagenfenster: Auf Wiedersehen und viel Vergnügen, und fährt in ihre Box, ohne ihn weiter zu beachten.

*

Das Restaurant ist klein. Nur wenige Tische sind besetzt. Sie sitzen in einer Ecke an einem Tisch einander gegenüber. Er ist mit ihr gegangen, obwohl er nicht mitgehen wollte. Nach langem Zögern hat er sie angerufen, er weiß nicht genau, was ihn dazu veranlaßt hat. Jedes Nachdenken darüber hat er sich untersagt. Er wollte sie nicht verletzen, nicht kränken, aber es ist kein Mitleid, das er für sie empfindet, es ist etwas anderes, das er sich nicht erklären kann.

Nach der Theateraufführung sind sie eine Weile durch die Straßen geschlendert, und sie ist neben ihm hergegangen, ohne viel zu reden. Er weiß nicht, ob sie von der Aufführung beeindruckt ist, er hat nicht mit ihr darüber gesprochen. Schließlich hat er sie eingeladen, mit ihm in dieses Restaurant zu gehen. Ohne jede Bemerkung war sie mit ihm gegangen. Nichts hatte ihm verraten, ob sie sich darüber freut oder nicht.

Jetzt sitzen sie einander gegenüber, und sie erwacht aus ihrem Schweigen, als hätte sie die ganze Zeit über etwas nachgedacht: Es ist merkwürdig, ich glaube, das Stück hat Ihnen nicht gefallen.

Sie sagt es, wobei sie ihn fragend ansieht, als

erwarte sie sofort eine Antwort, ein klares Ja oder ein ebenso klares Nein. Er antwortet nicht gleich, er weiß, sie sind verschiedener Meinung, was sie offensichtlich beeindruckt hat, läßt ihn kalt, unberührt. Er kann es ihr nicht verbergen und will es auch nicht. Er sagt: Nun ja, ich gebe zu, es hat mir nicht sonderlich gefallen, es ist mir zu pessimistisch, zu sehr gewissen Tendenzen unserer Zeit entsprechend, alles ist leer, das Leben, die Liebe, die Lust, die Tragik. Es gibt nur Beziehungslosigkeit, die totale Beziehungslosigkeit. Nichts hat mehr Bedeutung. Die Gefühle sind ohne Atem, sie ersticken in der Leere, in dem Nichts, ein Gefängnis, aus dem niemand ausbrechen kann. Nein, ich kann damit nichts anfangen. Unser Leben ist nicht so. Ich kann und will es nicht glauben.
Er sieht sie an und schweigt, und für einen Augenblick kommt er sich vor, als hätte er einen Vortrag gehalten. Aber das Unbehagen, das ihn während der Vorführung befallen hat, ist immer noch vorhanden. Er hat fast jeden Satz, der von der Bühne kam, mit Widerspruch in sich aufgenommen und wohl bemerkt, wie sehr sie sich im Gegensatz zu ihm immer wieder angesprochen fühlte.

So sitzt sie auch jetzt vor ihm, ein winziges Lächeln in den Mundwinkeln. Sie will ihm widersprechen, er sieht es, er sieht, daß sich ihre Augen ein wenig verengt haben. Gleich wird sie sagen: Sie irren sich, aber sie sagt es nicht. Es scheint, als hätte sie sich wieder in sich selbst verkrochen, in den Raum hinter der gläsernen Wand, einen Raum, der für ihn unerreichbar ist.
Der Wirt, der hier selbst bedient, kommt mit einer Flasche Wein und zwei Gläsern, gießt ein und entfernt sich wieder. Sie nippen an ihren Gläsern, und er sieht sie über sein Glas hinweg fragend an: Warum sagen Sie nichts? Sie sind sicherlich anderer, vielleicht entgegengesetzter Meinung. Sie sind es bestimmt. Können wir nicht darüber sprechen?
Fast unmerklich schüttelt sie den Kopf, als sei es ihr lästig, jetzt darüber zu sprechen: Es wurde gut gespielt.
Sie sagt es lakonisch, leise. Der Satz perlt, so kommt es ihm vor, in ihr Weinglas hinein, ein halb verschluckter Satz. Natürlich waren die Schauspieler gut, er braucht es nicht zu bestätigen, er sagt ja, ja und möchte doch von dem sprechen, was das Stück aussagen will, von dem Leben, das hier nach seiner

Ansicht in eine Zwangsjacke gesteckt wird, von dem Leben der Beziehungslosigkeit, der Gleichgültigkeit, der fortschreitenden Nivellierung.
Sie spielt mit ihrem Weinglas, sie hält es mit ihren fast durchsichtigen Händen umschlungen, als wolle sie den Wein wärmen. Sie will nicht mit ihm darüber sprechen, er spürt es nur allzu deutlich, und jeder Satz von ihm, so meint er, ist jetzt überflüssig, löst nur Widerspruch aus, wo er doch Gemeinsamkeiten entdecken möchte. So nah sie vor ihm sitzt, so sehr er ihr Gesicht dicht vor sich hat, so weit ist sie in diesem Augenblick von ihm entfernt. Etwas beschäftigt sie, das anscheinend weit über alles hinausgeht, was sie vor einer halben Stunde gesehen haben. Sie ist nicht deprimiert, ihr Gesicht wirkt entspannt, gelöst, und plötzlich scheint es ihm, als kämen ihre Überlegungen unmittelbar zu ihm zurück. Ein Lächeln läuft von ihrem Mund zu den Augen hinauf, bis zur Stirn, fast bis zu ihrem Haaransatz. Sie läßt ihr Weinglas aus den Händen, schiebt es ein wenig zurück und sieht ihm voll ins Gesicht: Die Liebe, wissen Sie, die gibt es gar nicht. Das ist eine Illusion.

Sie sagt es sehr deutlich, sehr artikuliert. Es ist, als hätte sie ihre Gedanken in diesem einzigen Satz zusammengepreßt. Er ist überrascht, er hat den Satz nicht erwartet, es ist nicht das, worüber er mit ihr sprechen möchte, er überlegt, was er ihr antworten soll, aber es fällt ihm nichts ein, kein Wort des Widerspruchs, nichts, was diese Behauptung mit einem einzigen Satz widerlegen könnte. Sie sieht ihn noch immer lächelnd an, und er sagt, nur um etwas zu sagen: Warum? Wie kommen Sie darauf?

Er hätte gern hinzugesetzt, es ist doch gar nicht das Thema des Stücks, aber er unterläßt es, und wartet auf ihre Antwort auf sein: Warum? Sie antwortet nicht gleich, sie sieht ihn etwas von unten herauf an, als hätte sie ihn in die Enge getrieben, aus der er nicht gleich einen Ausweg finden wird. Nach einer langen Pause, in der ihre Hände wieder aussehen, als suchten sie einen Halt, sie irren über den Tisch, bald zu dem Weinglas hin, bald wieder von ihm weg, sagt sie: Es ist doch eine Illusion. Sie können es auch eine Fiktion nennen, wie Sie wollen. Geträumte Luftballons, die zerplatzen, wenn sie mit dem zusammenstoßen, was Sie Wirklichkeit nennen.

Jetzt muß er ihr widersprechen, er ist nicht ihrer Ansicht, kann es nicht sein, und sie weiß, daß er ihr widersprechen wird, aber er sucht noch immer nach einer Antwort, und plötzlich sagt er, was ihm sofort mißfällt, eine Banalität: Das ganze Leben ist ein Traum. Ein Satz, den jeder sagen kann und der nichts besagt.

Nein, sie zuckt nicht zusammen, sie lacht nur, leise, lautlos, ihr Gesicht wirkt heiter, fast fröhlich, es sieht aus, als hätte sie ihn genau bei dem erwischt, was sie mit ihrem ersten Satz sagen wollte: Wenn das Leben wirklich ein Traum ist, wie Sie sagen, dann besteht es also aus lauter aneinandergereihten Träumen, und jeder Traum schleppt eine Enttäuschung mit sich, und zum Schluß haben Sie eine Schachtel voll gesammelter Enttäuschungen. Ist es nicht so?

Er schüttelt den Kopf, er möchte sagen, nein, es ist nicht so, so kann es ja gar nicht sein, kommt sich aber zugleich etwas mutlos vor gegenüber ihren Enttäuschungen. Es wird ihm klar, daß sie von sich spricht, von ihrer eigenen Vergangenheit, von ihrem Leben, ein Leben also der Erfolge einerseits und der Enttäuschungen andererseits. So stellt er es sich vor, eine gefeierte Schauspielerin, in deren privatem Leben sich eine Enttäuschung an die andere reiht. Aber er kann es nicht ganz begreifen. Sie war doch so anziehend in ihren jungen Jahren, auf der Höhe ihrer Karriere, auch für ihn, er erinnert sich sehr genau, einmal hatte er sie als Minna von Barnhelm gesehen, es fällt ihm in diesem Augenblick ein, damals war er von seinem Sitz aufgesprungen, um sie mitzufeiern.

Er versucht, sich die Minna aus jenen ersten Jahren nach dem Krieg vorzustellen, aber es gelingt ihm nicht. Eine andere Frau sitzt vor ihm, eine ganz andere: scheu, in sich gekehrt, so, als hätte sie das Leben immer wieder verletzt. Nur gelegentlich blitzt noch etwas von dem auf, was sie damals gewesen sein muß: das Heitere, Schwebende, Fröhliche, etwa, wenn sie ihn plötzlich sieht und ihm entgegenläuft, auf der Straße, in dem Haus, in dem sie beide wohnen. Er fragt sich, ob sie auch damals schon so war, nur nicht auf der Bühne, nur im privaten Leben, in dem Bereich, in dem sich ihre Enttäuschungen aneinanderreihten. Gern hätte er mehr von ihr gewußt, von ihrem vergangenen Leben, von den Enttäuschungen, ihren Enttäuschungen, er möchte sie fragen, aber jede Frage, wie er sie auch stellt, scheint ihm zu indiskret, zu persönlich. Jedes unbedachte Wort von ihm kann die Grenze überschreiten, die sie nach seiner Ansicht um sich gezogen hat, kann sie verletzen, dort, wo sie wahrscheinlich am Verletzlichsten ist. So sagt er: Das Leben besteht nicht nur aus Enttäuschungen. Wenn es so sein sollte, wie Sie sagen, wozu leben wir dann? Ich meine, man kann nur dem Augenblick leben, dem Märchen des Augenblicks.

Sie sieht ihn groß an, und bevor er weitersprechen kann, sagt sie: Und der ist vergänglich, flüchtig, bevor Sie ihn erfaßt haben, hat er sich schon aufgelöst. Nein, das Märchen von dem Sie sprechen, das gibt es nicht. Alles ist alltäglich, trivial, und jedes Märchen, kaum hat es begonnen, löst sich in Trivialitäten auf. Es bleibt nur das Spiel, das Spiel mit den Illusionen, so wie ich es spielen muß, immer und immer wieder. Verstehen Sie das? Es kann krank machen, sehr krank. Der Unterschied zwischen Spiel und Leben ist zu groß, viel zu groß. Deswegen hat mich dieses Stück angesprochen, das Ihnen so gar nicht gefallen hat: der Mensch in einer beziehungs-

losen Welt, in der Leere, in der sinnentstellten Umwelt. Leben wir so nicht alle, in einer verkümmerten, gefühlsarmen Welt. Das gibt es doch alles nicht mehr, Freundschaft, Liebe, die Wärme der engen Bindung, das Verständnis für den anderen. Ist es nicht schon eine Zumutung, jemanden zu lieben, ich meine für den anderen, den man liebt. Sie werden es bestreiten. Deshalb können Sie mit dem Stück nichts anfangen, weil Sie dies nicht sehen wollen.
Er wundert sich, so viele Sätze hat sie selten hintereinander gesprochen, es kommt ihm vor, als hätten sich irgendwelche Schleusen geöffnet, als sei sie plötzlich für ihn gesprächig geworden, mehr als gesprächig. Das Stück muß sie getroffen haben, seine Wirklichkeit ist vielleicht auch ihre Wirklichkeit, ihr Leben. Es erscheint ihm, als sei sie innerlich stark erregt bei betont äußerer Ruhe. Sie sitzt vor ihm, still, nach innen gekehrt, ihre Augen blicken an ihm vorbei, in das Lokal, das jetzt fast ganz leer ist, kommen zurück, sehen ihn an, und blicken wieder an ihm vorbei. Er verspürt keine Lust mehr, über das Thema des Stückes zu reden, es mag ihre Welt sein, aber es ist nicht die seine, er will

ihr nicht widersprechen, nicht zerreden, was sie bewegt, so sagt er: Vielleicht ist die Welt so, wie Sie sie sehen. Ich kann Ihre Ansicht nicht teilen, aber es kommt wohl auf den Blickpunkt an.

Sie schweigt, und dann schweigt auch er. Er möchte ihr gern sagen, daß das Leben ganz anders sein kann, inhaltsreicher, schöner, lebenswerter, aber alles, was er sagen will, kommt ihm zu einfach vor, zu alltäglich, es wird sie nicht erreichen, kann sie nicht erreichen.

Er beugt sich etwas vor, zieht ihr Weinglas zu sich heran und gießt beide Gläser noch einmal halbvoll. Sie lächelt, nein, sie will nicht mehr trinken, sie sagt sehr höflich: Ich trinke nicht viel, ich brauche es nicht. Doch er hebt sein Weinglas und sie nippt an dem ihren. Sie sieht ihn dabei über den Rand ihres Weinglases an: Wir können nach Hause gehen, wenn Sie wollen.

Sie spricht es fast flüsternd aus, und er weiß nicht genau, ob sie es wirklich will oder nicht. Etwas steht unausgesprochen zwischen ihnen. Es ist – er denkt es – vielleicht die scharfgezogene Grenze zwischen ihren Anschauungen, ihrer ganz anders gearteten Lebens-

auffassung. Er empfindet es so, empfindet es um so stärker je länger sie sich gegenübersitzen.
Sie muß ihr ganzes Leben lang mit einem Zeitgefühl gelebt haben, das dem seinen konträr gegenübersteht, Zeit in die Zukunft projiziert, belastet mit Wünschen, Hoffnungen, Sehnsüchten, die sich nie erfüllen können, Zeit gestapelt und gespart für ein fernes Märchen. Zeit ist Leben, denkt er, irgendwo hat er diesen Satz gelesen, nicht die gestundete Zeit, sondern die gelebte, momentane, die Zeit des Augenblicks.
Sie erscheint ihm unerreichbar, so wie sie da vor ihm sitzt, sie steht an einer Wende, die sie nur schwer bewältigen kann, der Sprung, den sie schaffen muß, ist zu weit, zu hoch, auch in ihrem Beruf, es ist der Sprung von ihrem vergangenen, nicht gelebten Leben in ein Leben der Zukunft, wie sie es sich vorstellt, eine alternde Frau, die sich umstellen muß, eine Schauspielerin, die nicht mehr die jugendliche Naive sein kann.
Er wagt nicht, mit ihr darüber zu sprechen, vielleicht könnte er ihr helfen, vielleicht erwartet sie es, ein paar Worte, ein paar Sätze, die mehr aussagen, als alles, was sie bis-

her miteinander gesprochen haben. Aber er fürchtet sich, fürchtet sich vor ihrer Abwehr, vor ihrem Widerstreben, von sich mehr zu sagen, als unbedingt notwendig ist. Jedes zuviel gesprochene Wort kann eine Zumutung sein, oder sie wird es als solche empfinden. So sagt er, nach einer Pause, die ihr unendlich lang erscheinen muß: Ja, ich glaube, es ist spät, wir können gehen.

Er dreht sich dabei auf seinem Stuhl halb um und sieht in das nun ganz leere kleine Restaurant und winkt den Wirt herbei, der gelangweilt und schon etwas müde hinter der Theke steht. Plötzlich empfindet auch er alles grau, leer, trivial. Es kommt ihm vor, als hätte sie ihm diese Stimmung suggeriert. Doch zu seinem Erstaunen hat sie sich wieder verändert, überraschend für ihn nach dieser nutzlosen und deprimierenden Unterhaltung. Sie erhebt sich und hat wieder etwas von einer gespannten Stahlfeder an sich, so wie er sie schon kennt, scheinbar energiegeladen, ein Vorgang, der ihn immer wieder irritiert. Jede ihrer Bewegungen scheint ihm kontrolliert, bewußt zu sein, es ist ihm, als ständen sie auf der Bühne, ein Paar, das sich spät nach Mitternacht in einem leeren Restaurant befindet und sich nun anschickt, nach Hause zu gehen. Sie gehen den Weg zurück, den sie gekommen sind, bis zu ihrem Wagen, den sie in der Nähe des Theaters geparkt hat. Er unterhält sie mit belanglosen Dingen, spricht von Stadtgrößen, die sie beide kennen, und sie antwortet mit ja oder nein oder ach ja der, oder nein, den mag ich nicht. Kurz vor ihrem Wagen läuft sie wieder ein Stück vor, kommt zurück und sagt: Es war nett. Ich unterhalte mich gern mit Ihnen.

*

Der Besuch im Theater und die anschließenden Stunden in dem kleinen Restaurant liegen schon zwei Wochen zurück. Manchmal kommt es ihm vor, als hätte er sich falsch benommen, aber sobald solche Gedanken auftauchen, verdrängt er sie wieder. Es verbindet sie ja nichts miteinander als Sympathie und ein Interesse, das für ihn selbstverständlich ist. Er erinnert sich nur ungern an den letzten Abend. Wieder war sie zu schnell, viel zu schnell durch die mitternächtlich leeren Straßen gefahren, ohne Rücksicht auf ihn und ohne Rücksicht auf andere. Er hätte es ihr gern verboten, und einmal war er nahe daran gewesen ihr zuzurufen: Zum Teufel, fahren Sie doch nicht so schnell.

Er hatte es unterlassen. So angespannt hatte er sie noch nicht hinter ihrem Steuer gesehen, die Augen, dicht über dem Lenkrad, wie hypnotisiert auf die Straße gerichtet. Er hatte den Eindruck gehabt, ihre Gedanken und Gefühle wären gespalten gewesen, einerseits auf das Fahren konzentriert und andererseits abwesend, mit irgend etwas beschäftigt, was er weder mitdenken noch mitempfinden konnte. Ohne einen Blick für ihn und ohne ein Wort mit ihm zu wechseln, war sie bis vor ihr Haus und dann in die Tiefgarage gefahren. Sie war vor ihm hergegangen, den Autoschlüssel in der einen und den Keller- und Wohnungsschlüssel in der anderen Hand, klein, zierlich und scheinbar voller Energie, und erst vor seiner Wohnungstür hatte sie sich umgedreht: Schlafen Sie gut. Heute nacht werde ich Sie nicht stören, bestimmt nicht. Gute Nacht.

Diesmal war ihr Abschied vor seiner Wohnungstür ohne jene leichte Verbeugung geschehen, an die er sich schon gewöhnt hatte, dieses bühnenmäßige Neigen des Kopfes, das

ihm immer wieder gefiel. Sie hatte ihm nur flüchtig die Hand gegeben und war die Treppe zu ihrer Wohnung hinaufgegangen, langsam, aber ohne zu ihm zurückzusehen. Für kurze Zeit war er ihr mit seinen Blicken gefolgt und mit dem Gefühl, daß es ihr schwerfiel, so Stufe für Stufe zu ihrer einsamen Wohnung hinaufzugehen. Erwartete sie ein anderes Verhalten von ihm, mehr Wärme, mehr Nähe, mehr Vertraulichkeit? Er konnte es sich nicht vorstellen. Zu groß war ihre Distanz zu ihm und die seine zu ihr war nicht geringer. Kein Tag, keine Stunde ihrer Begegnungen hatten daran etwas geändert. Immer war es das gleiche gewesen: die Freude des Wiedersehens und die gleichzeitig einsetzende Distanzierung, so, als hätte sie beide etwas nicht Erkennbares, Undefinierbares daran gehindert, sich der Freude hinzugeben. Er wußte, es würde sich daran nichts mehr ändern, weder heute noch morgen, und er wollte es auch nicht.
Vierzehn Tage waren vergangen, und er hatte sie seitdem nicht wiedergesehen, weder auf der Straße, noch auf der Treppe, noch in der Haustür. Nur ihre Schritte waren in diesen Tagen über ihm gewesen, und mit jeder

Nacht, die vergangen war, jeder Stunde, war es ihm vorgekommen, als wären die Schritte über ihm immer leiser, immer verhaltener geworden, als hätte sie jemand von ihm entfernt in eine immer größerwerdende räumliche Distanz.

Es ist an einem Abend, als er sie wiedertrifft. Die Dämmerung hat schon eingesetzt, und auf der Straße vor ihrem Haus stirbt das alltägliche Leben bereits ab. Sie kommt anscheinend aus der Stadt vom S-Bahnhof, trägt eine Einkaufstasche und geht schnell und zielbewußt. Er erkennt sie schon von weitem an ihren Bewegungen, an ihrem Gang. Alles ist für ihn charakteristisch, die leicht vorgeschobenen Knie unter ihrem Rock, das Aufsetzen der Füße.

Sie bleibt stehen, als sie ihn sieht, so als sei es eine Überraschung für sie, ihn in diesem Augenblick hier zu treffen. Er kann ihr nicht ausweichen, nein er will es auch nicht, nicht jetzt, nicht hier. Sie sieht zu ihm auf und sagt: Ich freue mich, Sie zu treffen. Ich dachte schon, Sie seien verreist. Ich habe Sie lange nicht gesehen.

Er machte nun seinerseits eine leichte Verbeugung und nimmt ihre Hand, die sie ihm

entgegenstreckt: Nein, ich war nicht verreist, ich war eigentlich jeden Tag zu Hause, ich habe gearbeitet.
Sie nimmt das Wort »gearbeitet« auf und sagt gearbeitet? Und dann: Können Sie denn hier arbeiten, in dieser Umgebung. Unter lauter Spießern, lauter Kleinbürgern?
Sie spricht das Wort Spießer aus, als würfe sie es weg, auf den Asphalt der Straße, mit einer leichten Bewegung des Kopfes zur Seite hin. Er antwortet nicht darauf, das Wort Spießer klingt ihm zu verächtlich. Er hört es nicht sonderlich gern: Natürlich kann ich hier arbeiten, die Umgebung stört mich nicht, nicht im geringsten.
Er erinnert sich, daß sie schon einmal eine ähnliche Äußerung gemacht hat, Zweifel an der Arbeitsmöglichkeit in ihrem Haus, er glaubt, ihr auch damals widersprochen zu haben. Sie nimmt seine Antwort hin und sagt: Gott sei Dank, das ist ja schön für Sie.
Alles an ihr wirkt auf ihn natürlich, selbstverständlich, gelassen. Nichts scheint überzogen zu sein. Ganz ruhig, ohne jede Anspannung, als seien sie alte, längst vertraute Freunde: Ich möchte mich gern ein wenig mit Ihnen unterhalten, nur ein paar Minuten, ha-

ben Sie Zeit? Und er erwidert: Ja, natürlich, ich habe Zeit.
Sie gehen auf der Straße hin und her, er versucht, ihr die Einkaufstasche abzunehmen, aber sie weigert sich, sie herzugeben: Lassen Sie nur, ich bin schwere Lasten gewöhnt, das trauen Sie mir wohl gar nicht zu?
Sie lacht dabei, ein kleines, klares Lachen, und sieht ihn mit einem Seitenblick zweifelnd an. Er nickt und sagt: Ich traue Ihnen vieles zu, mehr als Sie glauben.
Die Antwort scheint sie zu erheitern, sie wirkt im Augenblick fast fröhlich auf ihn, ausgelassen, sie greift nach seinem Arm und sagt: Trauen Sie mir nicht zu viel zu. Das tun Sie doch nicht, nein? Er schüttelt den Kopf: Nein, nein, wie sollte ich, kein Mensch kann alles, ich bestimmt nicht, ich schon gar nicht.
Sie gehen hin und her, immer fast die halbe Straße hinunter und dann wieder zurück. Er vergißt die Verabredung, die er hat, und auch die Zeit, die vergeht. Sie geht mit kleinen Schritten neben ihm her, sie trippelt fast, es kommt ihm merkwürdig kindlich vor, und bald nimmt sie ihre Einkaufstasche von ihrer linken Hand in die rechte und wieder

umgekehrt. Sie tut dies so selbstverständlich, etwas dabei mit den Händen schlenkernd, fröhlich, als bemerke sie die Tasche gar nicht.

Die Fliederbüsche und Sträucher in den Gärten, von denen einige in den Bürgersteig hineinhängen, verbreiten einen herben, herbstlichen Geruch. Es ist Mitte September, und es ist ihm, als bemerke er erst jetzt, daß der Sommer in den Herbst übergeht. Ihre Tournee fällt ihm ein, die, so erinnert er sich, im Herbst beginnen sollte. Er fragt sie danach: Irgendwann jetzt muß doch Ihre Tournee beginnen?

Sie bleibt stehen, ihre Tasche nun in beiden Händen vor ihrem Schoß: Ach, Sie erinnern sich daran? Ich habe Ihnen nur einmal davon erzählt, damals in der Eisdiele.

Ja, ja, er erinnert sich daran, der Sommermittag in der Eisdiele, er sagt: Warum sollte ich es vergessen haben, damals hat es Sie bedrückt, drei Monate Tournee durch deutsche Kleinstädte, ich glaube, es war eine Art Horror für Sie, doch damals waren Sie zeitlich noch weit davon entfernt.

Ihr Lachen geht sehr schnell in ein Lächeln über, und dann versteckt sie auch das Lächeln hinter verschlossenen Lippen. Er hätte sie nicht daran erinnern sollen, an diese Kärrnerarbeit, wie sie es jetzt nennt, immer wieder in einer anderen Stadt, immer wieder in andere Hotels. Sie spricht, er bemerkt es, nur ungern darüber, jetzt in diesem Augenblick. Er möchte seine Frage zurücknehmen, aber es ist zu spät dazu. Ohne ihn anzublicken, dreht sie sich um, und er beeilt sich, wieder neben ihr herzugehen: Eine solche Tournee, das können Sie sich gar nicht vorstellen, immer dieselben Menschen, Tag für Tag, im Autobus, auf der Bühne, in den Hotels, bei den abendlichen Feiern, das ist schwer zu ertragen und das drei Monate lang.

Sie sagt es, als bäte sie um Verständnis für den Leidensweg, den sie vor sich hat. Er empfindet es wie einen Leidensweg, er sieht sie von der Seite her an und denkt: Sie leidet schon jetzt. Es können nicht die Strapazen sein, die sie stören, Strapazen, so meint er, ist sie gewachsen, sie besitzt genug Selbstbehauptungswillen, genug Energie, es müssen die Menschen sein, ihre Kollegen, die Bühnenarbeiter oder was sonst noch mit auf eine solche Tournee geht. Er möchte sie fragen, was für Kollegen das sind, Schauspieler

natürlich, aber Menschen, was für Menschen, und sie beginnt, als hätte sie seine Frage gehört, ohne sie zu hören: Sie sind alle so langweilig, nicht auf den ersten Blick, nicht sofort, erst nach ein paar Tagen. Es sind immer dieselben Gespräche, dieselben Witze, Spott über andere, Neid, nun was es unter Schauspielern so gibt. Man kennt das alles, man kann es schon im Schlaf nachbeten. Und das jeden Tag, es beginnt beim Frühstück und hört erst mit dem Schlafengehen auf. Manchmal drücke ich mich, manchmal gehe ich gleich nach der Vorstellung auf mein Zimmer. Doch das gelingt mir nicht immer, und je öfter es gelingt, um so mehr gerät man in den Verdacht, ein Außenseiter zu sein, sich für etwas Besonderes zu halten. Und das bekommt man dann zu spüren in Nebenbemerkungen, in spöttischen Reden und auch in offner Gegnerschaft. Verstehen Sie mich? Das ist es, wovor ich mich fürchte. Es ist oft unerträglich.
Er bedauert sie ein wenig, sagt aber nur, ach ja, das ist wohl schlimm, möchte sie aber gern nach den Menschen fragen, nach ihrer Stellung zu den Menschen. Ist es Menschenverachtung, was sie bewegt, oder ist es nur

Menschenscheu, Angst vor der allzu großen Nähe, der körperlichen Nähe? Fühlt sie sich auf einer solchen Tournee dieser Nähe mehr ausgesetzt als sonst. Ausgesetzt im Sinne des Ausgesetztseins, eines Ausgesetztseins, dem man nicht entrinnen kann. Nein, er kann sie danach nicht fragen, nicht bei dieser Unterhaltung auf der Straße. Er geht neben ihr her, die Hände auf dem Rücken und gibt sich so, als interessiere ihn nichts mehr als ihre bevorstehende Tournee, die er sich vorstellen kann, eine psychische Belastung vielleicht für jeden, der daran teilnimmt, nicht nur für sie. Sie gehen zum dritten Mal die Straße hinunter, bald bleibt er stehen, bald sie, oft zögernd, als gäbe es nun nichts mehr zu sagen, sie schlendern mehr als sie gehen. Noch nie hat er sie so lebhaft gesehen wie jetzt, etwas scheint in dieser zufälligen Begegnung anders zu sein, aber es ist vielleicht nur dies: die Angst vor dem Morgen, die sie sich von der Seele reden muß. Er kann ihr nicht helfen, sie weiß es; ihre Welt, in der sie lebt, ist nicht die seine, doch er kommt sich vor wie jemand, der in diesem Augenblick gebraucht wird, nur um zuzuhören und um alles aufzunehmen, was sie bedrückt, und ohne Fragen zu stellen, die sie verletzen könnten. Es ist dabei gleichgültig, ob er es in wenigen Stunden wieder vergessen hat oder nicht, es kommt nur auf diesen Augenblick an. Er vergißt, daß er in die Stadt muß, und wenn sie schweigt, blickt er sie fragend an, nur um sie zu ermuntern weiterzusprechen.

Die Straße hat sich inzwischen verdunkelt, die Lichter sind angegangen, aber sie bemerken es kaum. Sie achten nicht auf vorbeigehende Menschen und weichen ihnen nicht aus. Sie erzählt von einem Kollegen, der mit auf die Tournee geht und den sie anscheinend sehr gern mag, sie sagt: Nein, nein, es sind natürlich nicht alle so, es gibt auch Ausnahmen, ich bin zu pessimistisch, vielleicht ein gebranntes Kind. Eigentlich freue ich mich auf einen Kollegen, einen Chargenschauspieler. Er ist schon alt, hat viel Humor, einen Humor, den man sehr selten findet, und manchmal tröstet er mich, wenn mir alles zu viel wird. Mit ihm kann man eine solche Tournee bestehen. Wenn sie alle so wären, dann wäre es eine Spielerei.

Sie schweigt einen Augenblick, als sei sie ganz in Gedanken an diesen ihren alten Kollegen versunken, und plötzlich bleibt sie wie-

der vor ihm stehen, nimmt ihre Einkaufstasche von der linken in die rechte Hand und sieht zu ihm auf: Darf ich das sagen, was ich gern sagen möchte?
Sie tut, als sei es etwas sehr Wichtiges, was sie ihm zu sagen hat, und er antwortet: Natürlich dürfen Sie das. Sie können alles sagen, was Sie wollen. Er ist ein wenig überrascht, auch neugierig, erwartet aber nichts Besonderes, und sie antwortet, indem sie jetzt an ihm vorbeiblickt, hinüber auf die andere Straßenseite: Er erinnert mich an Sie.
Verdutzt sieht er sie an: An mich? Und gleich darauf beginnt sie zu lachen, so fröhlich, als hätte sie sich einen Scherz geleistet: Das Wieso ist doch völlig gleichgültig. Er hat nur eine gewisse Ähnlichkeit mit Ihnen. Das ist alles.
Er übergeht ihre Äußerung mit dem leichthin gesprochenen Satz: Das mag ja sein. Und gleich darauf gehen beide wieder nebeneinander her. Sie möchte weiter von Ihrem alten Kollegen sprechen, er merkt es ihr an, sie sagt, ganz nebenbei, als spräche sie gar nicht zu ihm: Manchmal kommt er mir sonderbar vor, wissen Sie so, als hätte er schon alle Schwierigkeiten des Lebens hinter sich. Dann

wird man vielleicht nachgiebiger, toleranter, großzügiger, vielleicht kann man es auch weise nennen, und er antwortet gleich darauf: Nein, Weisheit ist das nicht, höchstens Resignation. Weisheit ist nicht das Ergebnis von Erfahrungen, sonst müßten ja alle Menschen weise sein, wenn sie alt werden. Ich fürchte das ist nicht so. Oder sind Sie anderer Meinung? Jetzt bleibt sie wieder stehen. Der Gedanke scheint sie zu beschäftigen. Ihre Antwort ist mit einem Lächeln versehen, und ihr Gesicht ist in diesem Augenblick ganz klar und heiter: Nein, das ist nicht so. Da haben Sie recht. Das kann ja auch gar nicht sein. Aber Resignation? Ist es wirklich Resignation? Resignieren, das kann man doch schon viel früher, auch schon in jungen Jahren. Finden Sie nicht? Resignation, das gibt es doch in jeder Krise. Und wer hat keine Krisen?

Sie sieht zu ihm auf, als hätte auch er seine Krisen in seinem Leben gehabt, erfahrene und überstandene Krisen, eine Selbstverständlichkeit. Er antwortet nicht auf ihren fragenden Blick, er erinnert sich kaum an Krisen, die vielleicht lebensgefährlich waren und zur Resignation geführt hätten. Aber

er nickt und sagt: Ja, natürlich, Krisen hat jeder einmal.
Er möchte von ihrer Krise sprechen, in der sie sich nach seiner Ansicht befindet, die Krise des Alterns, des Übergangs, des großen Sprungs von einer Rolle in die andere. Es beschäftigt ihn, seitdem er sie kennt. Aber da ist etwas, was er nicht begreift, er nennt es: die Flucht vor sich selbst. Sie hat genug Energie, um allem gewachsen zu sein. Er weiß es, so gut kennt er sie schon, doch die Energie verpufft gegenüber den Zweifeln, Zweifel an der eigenen Existenz und Zweifel vielleicht auch gegenüber dem Leben, so wie sie es sieht. Er möchte ihr helfen, aber er weiß nicht, wie er ihr helfen kann. Die Distanz ist zu groß. Es gibt keine Nähe, die das möglich machen könnte. Für kurze Zeit, die nicht lange anhält, kommt er sich vor, als resigniere er hier selbst.
Sie gehen dem Stadtbahnhof entgegen, und sie sagt: Ich begleite Sie noch bis zum Bahnhof, ich habe ja Zeit, viel Zeit. Auf ein paar Minuten kommt es nicht an. Und er sieht sie sofort wieder in ihrer Wohnung, einsam, allein, nur in Gesellschaft ihrer Träume. Vor dem Bahnhof verabschiedet sie sich, diesmal

wieder mit ihrer Bühnen-Verbeugung: Vielleicht sehe ich Sie noch einmal, bevor ich abfahre. Wir treffen uns ja immer wieder. Und er antwortet: Sicher, ich sehe Sie noch, bestimmt. Er geht durch die Eingangstür des Bahnhofs, nein, er sieht sich nicht um, aber es ist ihm, als stände sie noch immer auf derselben Stelle und sähe ihm nach, klein, verloren, und wieder mit sich allein.

*

Er sieht sie nicht wieder. Die Tage vergehen, die Wochen, der Herbst nähert sich schon dem November. Die Schritte über ihm sind längst verstummt. Ihm ist, als sei es stiller, einsamer geworden in dem Haus, in dem so viele Parteien wohnen.

Einmal hört er von ihr. Jemand hat sie gesehen in einer mittleren Stadt auf der Bühne, ein Bekannter, der ihm schreibt, sie sei großartig gewesen. Er freut sich darüber, vergißt es aber bald wieder. Sie entfernt sich von ihm, mehr und mehr, mit jedem Tag, der vergeht. Manchmal, wenn sie ihm wieder einfällt, fragt er sich, was ihn eigentlich mit ihr verbindet, Freundschaft, Liebe, Zuneigung, alles sind leere Worte, die nichts besagen, es ist in seinen Augen nur eine Begegnung, entstanden und ausgelöst durch die Schritte in der Nacht.

Zu seinem Geburtstag kommt ein Telegramm von ihr: Ich bin in Gedanken bei Ihnen. Er wundert sich darüber, er hat es nicht erwartet. Wieso hat sie an diesen Tag gedacht, und warum ist sie mit ihren Gedanken bei ihm? Er legt das Telegramm beiseite zu den anderen Glückwünschen, ohne weiter darüber nachzudenken. Es ist für ihn eine Geste, eine vielleicht freundschaftliche Geste, nicht mehr.

Doch oft, wenn er zur Haustür hereinkommt und die Treppe zu seiner Wohnung hinaufsteigt, sieht er sie vor sich: Sie kommt die Treppe herunter, scheinbar eilig, fast springend, jugendlich, bleibt vor ihm stehen und fragt: Ist die Post schon da? Und ohne seine Antwort abzuwarten, läuft sie weiter die Treppe hinunter durch die Haustür zu den Postkästen.

So hat er sie oft gesehen, manchmal in einem flüchtig übergeworfenen Hauskleid mit ihren Bambuschen an den Füßen, manchmal im Negligé, als hätte sie keine Nachbarn in dem

Haus, eine Erscheinung, die es hier in dieser Umgebung nach seiner Ansicht gar nicht geben kann.

Alles um ihn herum ist wieder alltäglich, bürgerlich, und das Leben verläuft nach den feststehenden Normen. Es ist, als gehöre sie gar nicht mehr dazu oder hätte nie dazu gehört. Er achtet nicht auf die Zeit, die vergeht, Wochen, Monate, und vielleicht wird er einmal, wenn er sie wiedersieht, das Gefühl haben, es seien Jahre vergangen, verlorene Jahre für sie und vielleicht auch für ihn. Aber er denkt selten darüber nach, sie war, er redet es sich ein, nur eine Randerscheinung in seinem Leben, und sie ist es vielleicht auch heute noch.

So vergeht der November, und als der Winter beginnt, hat er sie fast schon vergessen. Andere Ereignisse überschatten die Begegnung mit ihr. Erst kurz vor Weihnachten sieht er sie wieder, und dieses Wiedersehen kommt so überraschend für ihn, daß er sich fast betroffen fühlt.

Sie steht in dem kleinen überfüllten Einkaufsladen an der Kasse ganz hinten in einer langen Schlange von Menschen, die mit ihren Einkaufskörben auf ihre Abfertigung warten. Er bemerkt sie zuerst nicht, als er den Laden betritt, hört aber eine Art Jubelschrei und sieht ihre hochgeworfenen Arme, eine Begrüßung, die ihn ein wenig irritiert vor den sich erstaunt umblickenden Menschen. Er versucht, an den Menschen vorbeizukommen, um ihr die Hand zu geben, und als er in ihrer Nähe ist, sagt sie: Es ist wunderbar, Sie wiederzusehen. Ich habe oft an Sie gedacht.

Er weiß nicht gleich, was er erwidern soll, er könnte sich für ihr Telegramm bedanken, er könnte sagen, daß auch er sich freue, aber es fällt ihm nichts ein, was ihrer Freude gerecht werden könnte. Sie wirkt auf ihn, als sei eine Last von ihren Schultern gefallen, ganz anders als sonst, freier, froher, freudiger, fast unbekümmert. Irgend etwas muß in ihr Leben gekommen sein, das sie verändert hat, es ist, als explodiere sie jeden Augenblick vor innerer Erregung und Freude, aber er findet keine Möglichkeit der Erwiderung, er sagt, und der Satz kommt ihm zugleich banal und dumm vor: Ach, Sie sind wieder da.

Sie nickt, und für einen kurzen Augenblick hat er den Eindruck, als wolle sie ihrer ganzen Freude mit einer Umarmung Ausdruck geben, hier vor all den einkaufenden und wartenden Menschen. Er steht jetzt dicht neben ihr, so dicht, daß er ihre Schulter berührt, ihr Gesicht fast vor dem seinen ist, und er den Geruch ihrer Haare spürt. Sie sieht ihn voll an und sagt: Es war alles nicht so schlimm. Eigentlich viel einfacher, als ich erwartet hatte. Man soll sich vorher doch nicht zu viel Gedanken machen. Aber jetzt bin ich froh, doch wieder hier zu sein. Ich freue mich riesig.

Er will irgend etwas sagen, etwas Vernünftiges, Klares, das ihr entgegenkommt, er sagt: Ja, ich habe Sie auch vermißt. Er ärgert sich zugleich darüber, daß er sie nicht freudiger begrüßt, aber sie gibt sich, als hätte sie nichts bemerkt, es kommt ihm vor, als wolle sie nichts wahrnehmen, was ihre Freude beeinträchtigen könnte.

Andere Menschen, die hier zur Kasse drängen, schieben ihn beiseite, und er sagt, indem er fast freundschaftlich ihren Arm berührt: Wir müssen uns unbedingt sehen in den nächsten Tagen. Dann erzählen Sie mir, was Sie erlebt haben. Darf ich Sie anrufen? Und sie erwidert: Ja, bitte, tun Sie das. Und als er weitergeht zu den Einkaufsregalen hin, ist es ihm, als hätte sie »bald« gesagt, mehr ge-

flüstert als gesprochen, aber er weiß nicht genau, ob er sich verhört hat.
Er sieht sie noch einmal, als er bei den Gemüseauslagen steht. Sie packt ihre Einkäufe in ihre Tragtaschen, große Einkäufe, anscheinend für die Weihnachtstage. Er könnte hingehen und ihr helfen, doch er tut es nicht. Etwas hält ihn zurück, und er weiß nicht, was diese Zurückhaltung verursacht. Sie dreht ihm den Rücken zu, und er sieht ihre ganze kleine Gestalt, energiegeladen, wie es ihm vorkommt, Energie, die sie vielleicht während ihrer langen Abwesenheit aufgeladen hat, und er verläßt den Laden, als sie bereits gegangen ist.
Weihnachten kommt schnell heran, er verreist irgendwohin aufs Land, um dort Weihnachten und Silvester zu feiern.
Noch einmal hört er ihre Schritte über sich nach seiner Rückkehr, Schritte, wie er sie kennt, jetzt nervös, unduldsam, laut und leise, dann hört er für viele Tage nichts mehr. Es ist ihm, als hätte sie das Haus verlassen. Als er nach zwei Wochen den Hörer abnimmt und ihre Nummer wählt, meldet sich niemand. Er ist weder traurig noch froh darüber. Am nächsten Morgen geht er hinaus,

um sich am S-Bahnhof eine Zeitung zu kaufen. Er geht denselben Weg entlang, auf dem sie hin und her gegangen sind, bevor sie ihre Tournee antrat, und er nimmt sich vor, es mit dem Anruf am Abend noch einmal zu versuchen. Sie wird nicht darauf warten, aber er hat es ihr versprochen.
Schon in ein paar Meter Entfernung vom Zeitungskiosk sieht er die Balkenüberschrift einer Boulevard-Zeitung. Er bleibt stehen und liest es wieder und wieder, einmal, zweimal, dreimal, er kann es nicht begreifen: Er wird sie nicht mehr wiedersehen, sie hat ihrem Leben selbst ein Ende gesetzt, nie wieder wird er ihre Schritte über sich hören.

# Heinrich Böll

»Mir scheint, daß seine Sprache, auch seine Erzählweise, die reinste, sauberste und eindrücklichste in der neueren deutschen Literatur ist.«
(Carl Zuckmayer)

Der Zug war pünktlich
dtv 818

Wanderer,
kommst du nach Spa...
dtv 437

Das Brot der frühen
Jahre
dtv 1374

Irisches Tagebuch
dtv 1

Nicht nur zur
Weihnachtszeit
dtv 350

Als der Krieg ausbrach
dtv 339

Ende einer Dienstfahrt
dtv 566

Die verlorene Ehre der
Katharina Blum
dtv 1150

dtv

# Siegfried Lenz

»... gehört nicht nur zu den ohnehin raren großen Erzählern in deutscher Sprache, sondern darüber hinaus auch noch zu den ganz wenigen, die Humor haben ...« (Rudolf Walter Leonhardt)

dtv 7163

dtv 276

dtv 336

dtv 600

dtv 1381

dtv 1445